8

Yomu Mishima
미시마 요무

illustration
토모조

6대는 내 머리를 쓰다듬었다.
머리가 흐트러졌고,
힘이 세서 조금 아팠다.

세븐스
7th

메이는 허리에 손을 대며 말했다.

**"숲에서 불장난이라니
좋아 보이지 않네."**

"간단히 벗겨낼 수는 없어."

미란다가 실을 당기자,
기린은 목을 흔들었다.

"뭐, 뭘 하고 있는 건가요오오오!!"

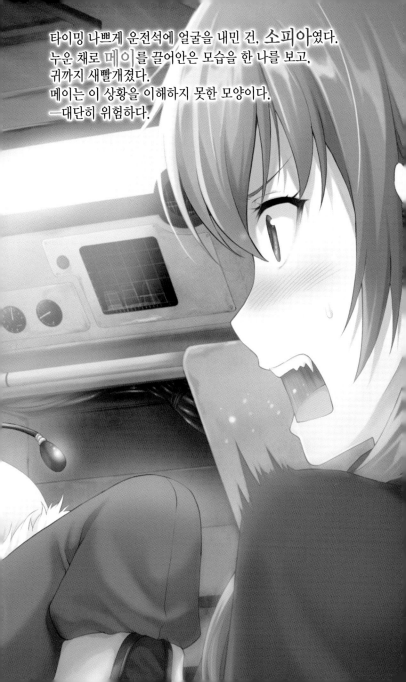

타이밍 나쁘게 운전석에 얼굴을 내민 건, 소피아였다.
누운 채로 메이를 끌어안은 모습을 한 나를 보고,
귀까지 새빨개졌다.
메이는 이 상황을 이해하지 못한 모양이다.
—대단히 위험하다.

"상상 이상으로 높잖아!"

아리아는 절규했지만, 어딘가 즐거워 보이기도 했다.
미란다는 차분한 모습으로 지상을 바라봤다.
반면 에바는.

—응. 라이엘은
백마에 탄 왕자님이네.**"**

다들 피곤한지 텐션이 이상했다.

라이엘을 친가에서 내쫓은 원흉, 여동생【세레스 월트】.

그 세레스와 왕도에서 재회한 라이엘은

『사신의 아이』의 섬뜩한 힘을 목격하게 되었다.

사람을 사람으로 생각하지 않는 포학하기 그지없는 세레스와 싸우기로 결의한 라이엘은

힘을 얻기 위해 모험가와 상인의 도시 베임으로 향하기로 했다.

그러다 국경을 넘는 검문소에서 흥미로운 소문을 듣게 된다.

최근 급격하게 성장해서 호경기가 된 나라가 있으며,

비밀리에 던전을 관리하지 않는가 하는 소문이었다.

당연히 흥분한 역대 당주들에게 떠밀려서

그 나라—【라우칸】왕국에 들르게 되었고…….

라우칸 왕국의 숲속.

숨겨진 동굴은 난입자의 손으로 인해 까발려졌고,

감시하던 병사들은 땅에 쓰러졌다.

그들을 쓰러뜨린 건, 하늘을 달리는 신수.

전설의 생물『기린』이 나왔다는 소동을

듣고 놀라는 라이엘 일행 옆에서,

5대는 어째서인지 그리워하고 있었는데—.

세 븐 스

7th

8

미시마 요무 지음

토모조 일러스트

이경인 옮김

illustration 토모조

CONTENTS

초대

버질 윌트

| 1단계 | 풀 오버 |

신체 능력의 강화.

| 2단계 | 리미트 버스트 |

한계를 넘어선 힘을 끌어내지만,
몸에 걸리는 부담은 무시.

| 3단계 | 풀 버스트 |

몸에서 푸른 불꽃을 뿜어내며
신체능력을 배로 끌어올린다.

2대

크라셀 윌트

| 1단계 | 올 |

타인에게 아츠를 사용하게 해줄 수 있다.
자신의 주변을 오감과는 별도로 인식하게
해주는 부차적인 효과가 있다.

| 2단계 | 필드 |

집단에게 아츠를 동시에 사용하게 해줄 수 있다.
올보다 범위가 더욱 넓어진다.

| 3단계 | 셀렉트 |

필드보다 더욱 넓은 범위에 능력 사용이 가능.
적과 아군을 판단해서 조준을 할 수도 있다.

3대

슬레이 윌트

| 1단계 | 마인드 |

상대의 정신에 간섭한다.

| 2단계 | 컨트롤 |

상대를 뜻대로 조종한다.

| 3단계 | ??? |

4대

마크스 윌트

| 1단계 | 스피드 |

이동 속도를 안정적으로 향상시킨다.

| 2단계 | 업다운 |

자신의 이동 속도를 향상시키면서,
적의 이동 속도를 저하시킨다.

| 3단계 | ??? |

역대 당주 아츠 소개

5대

프레더릭스 월트

1단계 맵

주변의 지도를 머릿속에서
선명하게 볼 수 있다.

2단계 디멘션

입체적인 주변 지도를 머릿속에서
선명하게 볼 수 있다.

3단계 ???

6대

파인즈 월트

1단계 서치

주변의 피아를 판별.
트랩 등등의 위치도 확인할 수 있다.

2단계 스펙

적과 아군, 그리고 트랩의
더욱 자세한 정보를 입수한다.

3단계 ???

7대

브로드 월트

1단계 박스

생물을 제외한 것들을 수납할 수 있는
공간계 아츠.

2단계 워프

단거리 순간 이동.

3단계 ???

라이엘 월트

1단계 익스피리언스

더욱 많은 경험을 얻어서
「성장」을 빠르게 한다.

2단계 ???

3단계 ???

프롤로그

극악무도한 여동생― 【세레스】와 싸우겠다고 결심했다.

그 결과가 이거다.

"지명수배라니 뭔데."

자유도시 베임으로 가는 길에 들른 곳은 반세임 왕국의 동부.

국경에 인접한 어느 영지였다.

이곳에서 국경을 넘고 다른 나라를 경유해 목적지인 베임으로 향한다.

그러기 위해서 꼭 들러야만 하는 도시였는데―.

유동 인구가 많은 거리에 붙어있던 건 나, 【라이엘 월트】의 수배서였다.

초상화 위에 지명수배범이라 적혀있고, 죄목은 국가반역죄라고 되어 있다.

난잡하게 몇 장씩 벽에 붙어있던 한 장을 떼어내서 손에 들고 바라봤다.

내 옆에서 지명수배서를 바라보고 있는 건 고대인이 만든 자동인형 【모니카】다.

금색의 폭신한 머리를 트윈테일로 묶고, 붉은 메이드복을 입고 있다.

눈에 띄는 차림새라서 주목을 받고 있지만, 본인은 전혀 아랑곳하지 않고 있다.

주인인 나를 「치킨 자식」이라고 부르는, 어딘가 맛이 간 메이드 로봇이다.

"어라, 굉장히 특징을 잘 파악하고 있네요. 컬러 인쇄가 아니라서 머리색이나 눈동자색은 글로 설명하고 있지만요."

"이게 나를 닮았다는 거야?"

초상화는 정말 너무했다.

그림이 허접하다거나 그런 게 아니라, 흘러나오는 악의가 너무하다. 나에게 원한이 있는 리오넬─【리오넬 월트】가 그리게 했기 때문이다.

눈초리가 험악하고, 머리 모양도 어딘가 뾰족하다.

여성을 속이는 사기꾼이라고도 적혀있었다.

나와는 별로 닮지 않았다.

"특징은 파악하고 있으니까요. 그나저나, 대단히 원한을 산 모양이네요."

리오넬은 나와 같은 선조를 가진 궁정 귀족 월트 가의 후계자다.

반면 나는 영주 귀족인 월트 가의 후계자─였다.

무슨 이유인지는 모르겠지만, 지금 나는 리오넬에게 쫓기고 있다.

"국가반역죄라니 크게 나왔네요. 아직 아무것도 하지 않았는데."

그래. 「아직」 아무것도 하지 않았다.

세레스를 쓰러뜨리겠다고 결심한 나는 언젠가 국가와— 이 반세임 왕국과 싸우게 될 거다.

이 수배서도 딱히 잘못된 건 아닌 셈이다.

"여기서 붙잡힐 수는 없어. 바로 출발하고 싶은데."

모니카가 수배서를 자세히 확인했다.

"그러고 싶긴 하지만, 지금은 데미언 교수 일행도 있으니까요. 그 고물딱지 릴리가 만든 덤프카 비슷한 것도 있으니까, 간단히 넘어갈 수는 없겠네요."

"우리만이라면 간단히 돌파할 수 있었을 텐데."

【데미언】의 덤프카는 포터와 똑같은 구조를 가졌다. 그러나 포터보다 크기 때문에 자잘하게 움직이는 건 불가능하고, 덤으로 무리할 수도 없다.

덕분에 리오넬에게 선수를 허용하고 말았다.

모니카는 적혀있는 특징을 읽었다.

"아무래도 포터에 대한 것도 적혀있는 것 같네요. 하지만 데미언 교수에 관해서는 전혀 적혀있지 않아요. 기껏해야 치킨 자식과 아리아에 관해서만 자세히 적혀있을 뿐이네요."

내가 밉고, 아리아를 손에 넣고 싶을 뿐인 거겠지.

"진심으로 붙잡을 생각이 있는 건지 의심스럽네."

눈초리가 험악한, 나와는 닮지 않은 초상화.

그 밖에 적혀있는 거라고는 기껏해야 포터의 외견뿐.

좀 더 자세히 적어야 할 사항이 있을 텐데, 그저 리오넬의 사적인 원한만 배어 나오는 수배서였다.

모니카가 고민에 잠겼다.

"—흠. 이용할 수 있겠네요."

"뭐에?"

"비밀이에요."

모니카가 「알고 싶으신가요? 치킨 자식이 꼭 알고 싶다~, 라고 말씀하신다면~」이라며 말을 늘어놓는 게 짜증이 나서 듣는 걸 그만뒀다.

그러자 모니카가 황급하게 「아, 거짓말이에요. 거짓말이니까 들어주세요. 쓸쓸하잖아요!」라며 매달렸다.

그보다도, 만약을 위해 로브 후드를 뒤집어써서 다행이다.

설마 지명수배를 당할 줄은 몰랐지만, 조심 또 조심한 거다.

주변으로 시선을 보냈다.

국경 근처에 있는 도시는 무역이 이루어지기에 북적거렸다.

다른 나라에서 온 상인이 노점을 열고 있다.

본 적 없는 목조 인형이나, 뭐에 쓰는 건지 알 수 없는 상품도 많았다.

건물도 동부에 접어들고 나서는 왠지 모르게 반세임의 양식과는 다르다.

비슷하지만— 차이점도 많다.

"마치 여기도 외국 같네."

중얼거리자, 목에 건 푸른 보옥에서 5대의 목소리가 나왔다.

5대— 【프레더릭스 월트】는 조용하고 언제나 덤덤한 태도가 인상적인, 작은 체구의 인물이다. 무슨 일에도 흥미가 없어 보인다.

그러나 월트 가에서 전해 들은 인물상은, 정처 말고도 첩을 네 명이나 끼고 살았다는 호색한.

도저히 그런 인물로는 보이지 않는다.

녹색 머리를 포니테일로 묶고, 실눈인 데다 어딘가 그림자가 드리워진— 그런 사람이다.

차가운 태도가 눈에 띌 뿐이고, 확실히 다정한 면도 있다.

서툴고— 귀여운 생물을 좋아하는 별난 일면도 가졌다.

『여기는 얼마 전까지 국외였으니까. 그 흔적 정도는 남아있는 거겠지.』

국외? 신경이 쓰여서 보옥을 움켜쥐자, 5대는 어딘가 그리운 듯이 말해주었다.

『전쟁으로 빼앗거나, 빼앗기거나 했으니까. 뭐, 반세임은 넓은 나라야. 지역마다 특색이 있더라도 이상하지는 않지. 그래— 그 밖에는 무술이 발달했었어.』

반세임의 동부 지방은 얼마 전까지만 해도 영주들이 영지를 쟁탈하는 동란의 시대가 이어지고 있었다.

그 때문인지, 아니면 다른 원인인지는 모르지만, 지금도 무술이 발달한 토지라고 한다.

5대는 묘하게 동부에 자세하다.

월트 가의 영지와는 굉장히 멀리 떨어져 있는데, 어째서일까?

내가 걸어가자, 모니카가 수배서를 들고 따라왔다.

"기다려주세요. 치킨 자식."

주변을 걷는 사람들에게 부딪히지 않게 걸었다.

보옥에서 나오는 목소리는, 나밖에 들리지 않는다.

『나나 4대의 시절에는 특히 심했지. 덕분에 동부에서 도망쳐온 귀족도 많았어. 소개(疏開)됐다고 해야 하나.』

피난한 귀족의 가족들을 받아들인 것이 당시 월트 가와 같은 영주 귀족이었다.

월트 가의 영지는 반세임 왕국의 남부에 있다.

소개된 사람들은 어째서 중앙에 가지 않고 지방 영주를 의지한 걸까?

신경이 쓰여서 보옥을 만지자, 5대의 대답은 이랬다―.

『소개된 전원을 받아들인 건 아니야. 일부 인원이 월트 가가 있는 남부를 의지한 거지. 그뿐인 일이야. 당시의 월트 가가 돈이 많았다는 것도 이유지.』

지원을 바라는 상대에게 가족을 돌봐달라는 요청까지 한 건가?

그런 생각을 하자, 5대가 어이없다는 목소리를 냈다.

『모르겠어? 인질의 의미도 있었던 거야.』

―참으로 꺼림칙한 이야기였다.

여관으로 돌아가자, 맞이해준 건 뺨을 부풀린 【아리아】였다.

붉은 머리를 흔들며 성큼성큼 다가오더니, 거리에서 입수한 듯한 수배서를 내밀었다.

"라이엘, 너 어디 갔었던 거야! 이런 게 나돌고 있으니까 걱정했다고!"

화를 내는 아리아에게 사과했다.

"미안. 이것저것 살 게 있었으니까. 그리고 은근히 괜찮았어."

로브 후드를 뒤집어쓰고 있었지만, 그런 사람은 딱히 드물지 않다.

덕분에 평범하게 물건을 살 수 있었다.

리오넬이 사적인 원한 때문에 초상화를 엉망으로 그린 덕분인가?

빌린 건 넓긴 하지만, 2층 침대가 늘어선 커다란 방이다.

화장실이나 샤워실도 있지만, 낡아서 만족할 수 있는 설비는 아니었다.

이런 여관을 고른 건— 절약의 의미도 있다. 우리는 인원이 많기에, 설비가 좋은 여관에서 방을 몇 개씩 빌리는 건 주저됐다.

"이쪽은 정말 걱정했었다니까."

방에 있는 원형 테이블에 팔꿈치를 올리고 깔깔 웃고 있는 건 엘프인 【에바】였다.

오늘은 핑크 블론드의 머리를 끈으로 묶었다.

밖에서 돌아왔는지 그쪽도 내 수배서를 들고 있는데— 또 한 장, 다른 종이도 들고 있었다.

"그보다도, 재미있는 게 있었어. 이게 또 웃기더라."

아리아가 얼굴을 붉히며 에바에게서 그걸 빼앗으려 했다.

"이리 내놔!"

"싫어."

그걸 가볍게 피한 에바가 나에게 수배서 같은 걸 건넸다.

뒤에 있던 모니카도 들여다봤다.

"어라, 이쪽은 수색 의뢰서인가요? 이 아름다운 여성은— 아리아 록워드?"

초상화에는 아름다운 여성이 그려져 있었다.

설명문에는, 머리색은 붉고 굉장히 투명한 보라색 눈동자를 가진— 그런 찬사가 이어지고 있다.

내 수배서와는 반대로 미화된 아리아의 초상화였다.

아리아는 부끄러운지 양손으로 얼굴을 가렸다.

"그 바보! 나를 모욕해서 뭘 하고 싶은 거야!"

리오넬은 아리아에게 반했다.

그러나 아리아는 싫어했고, 이 초상화를 보니 오히려 심기가 상한 모양이었다.

"굉장하던데. 우리가 물건 사러 나간 곳에 잔뜩 붙어있었어. 근데 아무도 아리아라는 걸 알아채지 못하더라."

아리아는 양 손가락 틈새로 웃음을 터뜨리는 에바를 노려봤다.

"에바. 뭘 말하고 싶은 거야?"

"딱히? 단지, 너무 미화해서 아무도 알아채지 못하는 수색 의뢰서에는 의미가 없다고 말하고 싶은 거야. 리오넬 녀석, 우리를 잡을 생각이 있기는 한 걸까?"

확실히 의심스러울 뿐이다.

"어차피 나는 이 초상화보다 못생겼어!"

아리아가 내뱉듯이 외치자, 에바가 코웃음을 치며 답했다.

"그렇게까지 말하지는 않았어. 화풀이는 그만해."

"네가 놀렸잖아!"

두 사람이 서로를 노려봤다.

나는 한 손으로 얼굴을 누르면서 한숨을 내쉬었다.

"―요즘 싸움이 잦네."

센트럴에서 결의를 새로이 다졌는데, 아무래도 여성진이 삐걱거리고 있다.

애초에 남성진은 나와 데미언밖에 없으니까, 여성진의 불화는 동료 대부분이 불화라는 뜻이 된다.

내가 피곤한 표정을 짓자, 모니카가 웃으며 설명해줬다.

"표면화되었을 뿐이지, 원래부터 삐걱거리고는 있었어요. 이러니까 살아있는 여자는 안 된다니까요. 치킨 자식에게는 제가 있어서 다행이네요."

"너도 태연하게 주변에 싸움 걸잖아. 그만두지 않을래?"

이 녀석은 이 녀석대로 불에 기름을 부으려 하니까 성가시다.

아리아와 에바 두 사람은 드잡이질을 시작했다.

"이 글러먹은 엘프!"

"말했겠다. 이 글러먹은 여자야!"

서로 무척이나 낮은 수준의 욕설을 퍼붓고 있었기에, 나는 사이에 끼어들어서 중재하기로 했다.

그때, 미란다가 샤논을 데리고 나타났다.

밖에서 돌아온 미란다는 굉장히 기분이 좋았다.

"다들 들어봐. 라이엘의 수배서가 있었어. 게다가, 이거 봐! 아리아의 귀여운 수색 의뢰서도 같이 있어. 극악무도한 라이엘에게 사로잡힌 가련한 소녀라는데?"

굉장히 멋진 미소를 지으며 수배서를 보여주는 건 【미란다】.

연녹색 머리를 어깨 근처까지 기른, 연상 누나라는 분위기를 가진 여성이지만, 동시에 장난스러운 분위기도 겸비하고 있다.

재주가 많고 뭐든 할 수 있는 믿음직한 누나, 지만—.

"미란다. 너도 나를 비웃는 거야?"

드잡이질을 벌여서 머리가 흐트러진 아리아를 본 미란다는 의미심장한 미소를 지으며 대답했다.

"어라, 나는 사실을 말했을 뿐이야. 하지만 이렇게나 수배서가 나돌고 있는데 우리를 잡지 못하고 있다는 건 안타까운 이야기네. 나는 리오넬을 비웃었는데, 아리아는 자신을 비웃는다고 느낀 거구나."

아리아가 뭐라 말 못 할 표정을 지었다.

그리고는 짜증을 토해내기 위해서인지, 방에 세워둔 창을 들고 밖으로 나갔다.

"아, 잠깐!"

내가 말리려 했지만……

"잠깐 휘두르기 연습하고 올게. 오늘은 한동안 움직이고 싶은 기분이야."

에바는 방을 나가는 아리아의 뒷모습을 향해 입꼬리를 손가락으로 들어 올려서 이를 드러내며 「흥이다~」라고 말했다.

미란다는 살짝 어깨를 으쓱했다.

"화나게 하고 말았네."

나는 미란다를 봤다.

"일부러 그런 거지?"

"응. 맞아."

미안한 시늉도 없이 단언하는 미란다를 보자 나는 머리를 감싸 쥐고 싶어졌다.

"화나게 하지 마."

"이 정도로 짜증을 내면 곤란해. 그보다도, 리오넬 녀석은 진심인 것 같네."

글러먹은 수배서나 방식에는 문제가 있지만— 리오넬 자신은 진심인 모양이다.

덕분에 국경을 무사히 돌파할 수 있을지 모르겠다.

"분명 국경을 감시하고 있을 거야. 우리가 베임으로 가는 걸 알고 있을 테니까."

문제는 루트다.

베임으로 가는 루트는 어느 정도 정해져 있다.

그곳이 아니라면 멀리 돌아가게 된다.

다른 루트를 선택하면, 몇몇 소국을 경유하는 형태가 된다.

내가 지금부터 할 일을 생각하며 고민하자, 수배서를 든 샤논이 내 얼굴을 올려다봤다.

【샤논】은 미란다의 여동생으로, 우리 일행 중에서는 최연소다.

작은 몸에, 긴 연보라색 머리를 가졌다.

특징적인 노란색 눈동자는, 마안이다.

굉장한 마안을 가지고 있지만, 제대로 쓰지 못하는 슬픈 여자다.

—참고로, 나는 이 녀석이 싫다.

여동생이라는 존재는 도지히 좋아지지 않는다.

"뭔데?"

"이 수배서, 너랑 판박이네."

히죽히죽 웃으면서, 눈초리가 험악하고 추한 얼굴을 가진 내 수배서를 들이밀었다.

"넌 정말 싫은 녀석이야."

"너한테만 그러거든. 차라리 붙잡히는 게 어때?"

"뭐라고?"

뺨을 꼬집자,「아파, 아파」하고 울상을 지었다.

부드러운 뺨은 꼬집으니까 기분이 좋았다.

미란다가 흐뭇하게 우리를 보고 있지만, 솔직히 즐거운 상황은 아니다.

에바가 끼어들었다.

"놀지만 말고 진지하게 생각해야지. 이대로 가면 우회해서 베임으로 가야 할 거야."

조금 겸연쩍어진 나는 샤논의 뺨에서 손을 떼어냈다.

"그, 그렇지. 으음, 그렇다면— 어떻게 할까?"

말이야 그렇지만, 타개책이 바로 떠오르지는 않았다.

우회하게 되면 여러모로 귀찮아진다.

언어야 문제없지만, 많은 나라를 경유한다면 그것만으로도 그 나라의 룰, 법률에 휘둘리게 된다.

현지를 모른다는 점은 불안감도 많다.

베임까지 가는 정해진 길을 나아가는 게 편하다.

길도 정비되어 있고, 중간중간 여관도 있다.

데미언 일행도 있는 지금의 우리는 길 없는 길을 나아가기 힘들다.

7대의 아츠 【박스】로도 데미언의 덤프카는 수납할 수 없다.

그리고, 시간도 든다.

고민에 잠기자, 5대가 내게 말을 걸어왔다.

『조금 우회해도 괜찮다면, 내가 안내하겠어.』

—5대가 자진해서 길 안내를 제안했다.

—한편, 그 무렵. 반세임 왕국 동부에 있는 국경 성채에서 짜증을 내는 인물이 있었다.

국경 검문소는 주변이 산에 둘러싸인 외길을 막는 형태로 배치되어 있다.

그 근처에 있는 성채에서, 호화로운 기사복을 입은 리오넬이 책상에 주먹을 내리치고 있었다.

"어째서 발견되지 않는 거야!"

"진정하시지요, 단장님."

백발이 섞인 기사는, 왕태자비가 된 세레스의 특무친위대 대장인 리오넬을 어려워하고 있었다.

강권을 내세워서 자신들에게 명령을 내리는 리오넬은 상사와 마찬가지다.

함부로 대할 수 없기에, 성채를 담당하는 지위에 있는 기사가 대응하고 있었다.

"이미 주변에는 수배서를 뿌렸습니다. 게다가 베임으로 간다고 한다면, 이 검문소를 지나갈 겁니다."

"정말이겠지?"

"네. 길은 그 밖에도 있습니다만, 베임으로 갈 때는 누구나 선택하는 길입니다. 여기가 아닌 길을 쓰는 건 거의 생각할 수 없죠."

"그런가? 나라면 다른 길로 갈 텐데. 이런 간단한 것도 모르는 건가?"

이 녀석은 무슨 소리를 하는 거지?

기사는 어이없어하는 내면을 감추고, 저자세로 나가면서 설명했다.

"자주 쓰인다는 건, 그만큼 정비되고 편한 길이라는 뜻입니다. 섣불리 우회한다면 현지의 길 안내도 필요해집니다. 상인이나 모험가들이 이 루트를 고르는 건 그만한 이유가 있는 겁니다."

"마, 말대답하지 마! 내 명령에만 따르면 된다고!"

리오넬의 횡포 앞에서 주변 사람들은 혐오감을 드러내고 있었다.

대응하는 기사에게 부하가 작은 목소리로 속삭였다.

"이 사람은 뭐 하는 사람입니까? 왕태자비 전하의 친위대라는 건 알겠지만, 이런 곳까지 와서 떵떵거린다고 해서 무슨의미가 있죠?"

"모르지. 모반자를 쫓고 있다고 하던데ㅡ."

기사와 부하도 리오넬의 지시로 만든 수배서를 봤다.

그 초상화는, 짜증이 난 듯 미간에 주름을 잡고 머리를 흐트러뜨린 리오넬과 똑같아 보였다.

두 사람은 곤혹감을 감출 수 없었다.

다른 한 장은, 그런 모반자에게 속아서 끌려갔다는 아름다운 여성 모험가.

"이런 미인 모험가가 있는 겁니까? 지인 중에 모험가가 있는데, 기가 센 여자만 있다면서 한탄하고 있던데요."

기사가 눈시울을 손가락으로 문질렀다.

"최근의 중앙은 이상한 일들만 일어나고 있으니까. 나 참, 무슨 일이 벌어지는 거지? 게다가 반역자라고 하는데, 중앙의 연락은 아무것도 없었다고."

중앙ㅡ 이 나라의 수도인 센트럴에서는 아무런 명령도 내려오지 않았다.

그저 리오넬이 쳐들어와서 떵떵거리며 명령만 내릴 뿐이다.

그럼에도 따르지 않을 수 없는 건, 리오넬이 그만한 지위를 가지고 있다는 게 증명되었기 때문이다.

왕도에서 멀리 떨어진 동부에 있는 기사나 병사들은 중앙에서 무슨 일이 벌어지는지 전혀 알지 못했다.

그래서 라이엘이 모반자로 지명수배당한 것이다.

거기에 세레스의 지시는 없었고, 그저 리오넬이 사적인 원한으로 행동하고 있을 뿐이다.

리오넬은 짜증을 내며 엄지손톱을 깨물었다.

"젠장! 이놈이고 저놈이고 도움이 안 되는 것들이야. 어서 아리아를 구해내야 하는데."

기사와 부하는 리오넬이 보지 못하는 위치에서 어이없다는 표정을 지었다―.

반세임 왕국에서 베임으로 가는 최단 루트―가 아니라, 다른 루트를 선택한 우리는 다른 검문소에 있었다.

검문소 병사들이 데미언이 탄 덤프카를 무서운 듯 바라봤다.

"철로 된 상자가 말도 없이 움직이다니 시대도 변했군."

책임자인 기사가 중얼거렸다.

덤프카는 아무래도 주변의 시선을 모으고 만다.

"지나갈 수 있을까요?"

기사에게 묻자, 그는 곤란해하면서도 고개를 끄덕였다.

"문제없다."

나는 덤프카 조수석에 앉은 데미언에게 손을 흔들었다.

운전석에 앉은 건 모니카와 같은 자동인형【릴리】씨다. 핸들을 재주 좋게 조작해서 커다란 차체로 좁은 길을 나아갔다.

기사는 검문소가 부서지지 않을까 걱정스레 보고 있었다.

"저거, 어떻게 움직이는 거냐?"

"아람사스에서 개발한 마구예요. 조만간 실용화되지 않을까요?"

"말이 필요 없는 탈것이라. 편리해 보이지만, 나는 말을 타는 게 더 안심이겠어."

대화를 나누면서 검문소에 있는 게시판을 봤다.

이곳에도 나나 아리아의 수배서가 붙어있다.

그러나 기사는 신경 쓰는 기색이 없었다.

리오넬이 이상하게 고친 수배서로는 우리를 알아볼 수 없는 모양이다.

덕분에 살았지만, 검문소에까지 수배서가 붙어있으니 곤란하네.

건물 안으로 시선을 보내자, 산더미처럼 쌓인 수배서 같은 종이 다발이 보였다.

지금부터 주변에 붙이려는 모양이다.

이대로 가면 다른 나라까지 내 이름이 모반자로 전해질 것 같다.

그쪽은 모니카가 「저에게 맡겨주세요!」라고 말했는데— 걱정된다.

기사가 펜으로 머리를 긁적였다.

"그나저나, 요즘은 모험가도 늘어났군."

"이 검문소를 지나가는 모험가가, 말인가요?"

"그래, 맞아. 모르는 거냐?"

기사는 당연히 알고 있다는 말투였지만, 나는 솔직히 모른다고 말했다.

"무슨 일 있나요?"

그걸 들은 기사가 펜을 주머니에 넣고, 살짝 웃으면서 손가락을 비비는 동작을 보였다.

그 동작을 본 7대가 짜증을 냈다.

『동부의 기사도 대단하지 않군요.』

반대로 3대는 웃었다.

『어디나 변함없다고 생각하는데. 이런 건 용돈벌이야. 하지만 이야기를 들을 수 있다면 싸게 먹히는 거지. 이럴 때의 정가는 얼마야?』

역대 당주들이 떠들썩하게 이야기를 시작했고, 결과적으로 은화 한 닢으로 정해졌다.

품에서 은화 한 닢을 꺼내서 기사에게 건네자, 상대는 놀란 표정을 지었다.

"이봐, 그렇게나 받을 만한 이야기는 아니라고."

"자세한 이야기를 들어두고 싶거든요. 뭐, 앞으로도 여기를 이용할지도 모르니까, 인사의 의미도 있어요."

"그, 그런가? 그럼 자세히 말해주마."

기사는 나를 검문소 건물로 안내하더니 그곳에서 이야기를 해줬다.

모니카도 당연하다는 표정으로 따라왔다. 기사는 뭔가 말하고 싶어 보였지만 포기한 모양이다.

들은 이야기를 간단히 정리하면—.

반세임 동부의 국경 너머에는 소국들이 난립하고 있다.

그중에서 최근에 기세등등해진 나라가 있는 모양이다.

던전이라도 발견해서 잘 관리하게 되었는지, 갑자기 마석을 쓰는 양이 늘어났다.

상인이나 모험가들이 모여들어서, 지금은 주변국 가운데서도 두각을 드러내는 국력을 보유하게 되었다고 한다.

그런 설명을 해준 기사가 내게 마지막으로 말해준 건—.

"뭔가 수상한 이야기가 있으면 돌아올 때라도 가르쳐달라고. 던전이 폭주해서 말려드는 건 사양이니까."

던전은 관리를 잘못하면 폭주해서 마물을 밖으로 배출하고 만다. 마물들이 대량으로 바깥에 나와서 날뛰기 때문에, 섣부르게 관리했다가는 한 나라만의 문제로 끝나지 않는다.

왜냐하면, 나라 하나가 멸망해도 끝나지 않는 케이스가 대부분이기 때문이다.

그걸 걱정하는 모습이었다.

"그 나라는—."

"【라우칸】 왕국이야. 국가연합에 속한 나라로, 최근 발언력이 늘어났다고 들었지."

『동부라는 곳은 영주들끼리 영지를 뺏거나 빼앗기는 일이 끊이지 않는 토지였어. 하지만 언제부턴가 왕국에서 독립하는 녀석들도 나왔지.』

우리는 좁은 길을 천천히 나아가는 덤프카 주변을 걷고 있었다.

이동에 방해가 되는 돌이나 나뭇가지를 손으로 치우면서 나아간다.

그런 내게 동부에 관한 자세한 이야기를 해준 건 역시 5대였다.

"독립이요?"

주변에 들리지 않는 목소리로 대답했다.

『동부에 중앙의 눈이 닿지 않게 되었으니까. 영주가 독립해서 주변 영지를 분배해주는 일도 은근히 많았지.』

"그건 또 뭐라고 해야 할지—."

나라를 배신하다니 대체 어떻게 된 거야? 내 마음을 짐작했는지, 5대는 살짝 웃었다.

『너무하다고 생각해? 하지만 영주들에게도 명분은 있었어. 동부에 제대로 지원도 해주지 않는 중앙이 이것저것 명령이나 내리는 것도 탐탁지 않았으니까.』

영지를 분배받아서 영주가 된 기사들.

그러나 작은 분쟁도 많았고, 타국이 침공해오는데도 반세임 왕국은 아무것도 하지 않았다.

하지만 왕국에도 사정은 있었다. 이 주변은 동쪽으로 크게 돌출된 영지라서, 군을 파견하려면 시간이나 돈, 그리고 수고가 너무 많이 들었다.

『왕국으로서도 독립하는 게 오히려 편했던 거야. 영주들이 독립을 선언하자 불만을 토로하면서도 곧장 인정했으니까. 하지만 덕분에 음모론의 소재가 되었지. 독립을 간단히 인정하다니 이상하다. 뭔가 속셈이 있다면서.』

여러모로 귀찮아서 내팽개쳤다는 거다.

그래도 되는 건가?

"음모요? 정말로 있었나요?"

그 이야기에 대답해준 건 6대였다.

『지금에 와서는 알 수 없지. 있었을지도 모르고, 없었을지도 몰라. 애초에 나도 이것저것 해왔지만, 소문에 꼬리가 붙어서 터무니없는 이야기가 되는 일이 많았거든. 음모론은 거짓말도 많으니까.』

7대가 그리운 듯 말했다.

『있었지요. 월트 가가 왕위를 노리고 있다는 소문이었던가요?』

『그 밖에도 있지만, 그때는 그게 최고였나? 애초에 왕위 같은 건 귀찮잖아. 나는 넓어진 영지 일로 바빴고, 흥미도 없었는데 주변 녀석들이 떠들어대서 견딜 수가 없었어.』

6대와 7대가 당시의 고생담을 늘어놓기 시작하자, 5대가 내게 말을 걸어왔다.

『아무튼. 반세임 동부 너머는 소국이 많아. 그런 작은 나라들이 모여서 국가연합을 만든 거지.』

"나라 안에 작은 나라가 있는 건가요."

『반세임 왕국과 똑같아. 영주가 국왕을 자칭하고 있을 뿐이지. 차이점이 있다면, 국가연합의 톱이려나? 그곳은 내 시대에는 국왕들끼리 상의를 거쳐서 정한다고 들었는데. 맹주는 없었을 거야.』

4대가 어이없어했다.

『그런 방식으로 규합되기는 하는 겁니까?』

3대가 단호하게 말했다.

『규합한다기보다는, 그 지방의 룰을 정하는 자리 아닐까? 룰이 없는 전쟁 같은 건 다들 하고 싶지 않을 테니까.』

"전쟁에 룰이요?"

『중요해. 진심으로 부딪히다가는 아무것도 남지 않으니까. 강에 독을 풀어서 그 토지의 인간을 몰살~, 같은 건 웃을 수 없으니까 절대로 안 돼. 이기기 위해서 수단을 가리지 않는 건 중요하지만, 그런 건 이야기가 좀 다르잖아. 라이엘도 그걸 그르치면 안 돼.』

그건 나라도 안 된다는 걸 알 수 있다.

『중요한 건 목표와— 자신이 어떻게 해야 하는지를 잊지 않는 거야. 뭐든지 해버리는 건, 그야말로 세레스와 똑같아.』

"알고 있어요."

5대가 이야기를 되돌렸다.

『—라우칸이라는 나라가 신경 쓰여. 잠깐 낌새를 보고 나서 베임으로 가는 게 좋을지도 몰라. 정말로 던전을 보유하고 있다면 성가시기 그지없으니까.』

역대 당주들이 갑자기 조용해졌다.

그 후, 입을 연 건 4대였다.

『라이엘. 맡겨도 되겠습니까?』

"저야 문제없지만, 서두르는 게 좋지 않을까요?"

『그만큼 가치가 있다는 겁니다.』

4대의 말에 따라, 나는 라우칸으로 향하기로 했다.

"라우칸이라. 뭐가 있는 건가요?"

5대가 내게 말했다.

『모르니까 조사하러 가는 거야. 그보다도, 라이엘— 너의 아츠 말인데, 제대로 쓸 수는 있는 거겠지?』

나의 새로운 아츠—「그건」 매우 다루기 힘들다.

아니, 사용하는 것 자체는 간단하다.

자기 자신의 아츠니까, 다루는 것에 관해서는 누구보다 잘 이해하고 있다.

이해하고 있기에, 다루기 어려운 거다.

"솔직히, 못 쓸 것 같은데요."

『—네 마음도 이해는 가지만, 그걸 어떻게든 해야만 하는 거잖아.』

5대에게 그런 말을 듣지 않아도 알고는 있지만— 그건 종류가 조금 특수하다.

가능하면 쓰고 싶지 않다.

—데미언의 덤프카.

그 짐칸 부분에는 짐이 산더미처럼 쌓여있다.

발 디딜 틈을 찾기도 어려운 그 안쪽을 나아가는 건【소피아]였다. 긴 흑발이나 몸의 라인을 가리는 로브가 물건에 자주 걸렸다.

로브로 숨기지 못할 만큼 커다란 가슴을 짓누르는 좁은 통로를 나아가자, 데미언의 작업대가 보였다.

"시, 실례합니다. 라이엘 공의 전언인데요. 저희는 라우칸으로 간다고 하네요."

작업대를 바라보던 데미언은 폭발한 듯한 갈색 머리를 가진 작은 체구의 남자다.

고글을 벗은 그가 소피아를 돌아보더니 말했다.

"아, 그래? 그보다도 너는 누구였더라?"

—몇 번이나 이름을 가르쳐줬는데도 전혀 기억하지 못하는 데미언은 학술도시 아람사스에서 교수로 일하던 천재다.

단, 성격에 매우 큰 문제가 있다.

소피아는 몇 번째인지 모를 질문에 대답했다.

"소피아예요. 그보다, 이번에는 뭘 만들고 계신 건가요?"

데미언은 소피아에게는 흥미가 없는지, 만들던 물건으로 시선을 돌렸다.

"보고도 모르는 거야? 의수야."

그곳에 있는 건 사람의 왼손으로 보이는 의수였다.

소피아는 납득했다.

"클라라 씨의 새로운 의수인가요!"

그러나 데미언은 고개를 갸웃했다.

그리고, 한동안 시간이 흐른 뒤.

"그러고 보니, 그런 이름의 아이였나. 응, 그 아이의 의수를 만들고 있어. 라이엘이 부탁했으니까."

소피아는 어이가 없어졌다.

"라이엘 공의 이름은 기억하면서, 저희의 이름은 기억하지 못하시네요."

—그렇게 투덜댔다.

—포터의 운전석에 앉은 【클라라】는 【노윔】에게 향후 예정을 듣고 조금 당황했다.

"라우칸이요? 들르는 곳이기는 하지만, 그곳에 체류할 이유가 있나요?"

세레스가 부숴버려서 의수가 없기에, 지금은 외팔로 지내고 있다.

푸른 머리에 붉은 눈동자.

안경을 쓴 클라라는 노윔을 바라봤다.

라이엘의 결정에 아무런 의심도 하지 않는 얼굴이었다.

"검문소에서 신경 쓰이는 이야기를 들은 모양이니, 그 확인을 하고 싶으신 거겠죠."

노윔은 반짝이는 옅은 갈색 머리를 사이드 포니테일로 묶었다.

보라색 눈동자는 반짝이게 보인다.

클라라는 파티에서 서포트를 맡고 있지만, 마법도 다소 쓸 수 있다. 그러나 그런 클라라가 보더라도 노윔은 격이 달랐다.

굉장한 실력의 마법사.

무엇보다도, 그 세레스가 경계하던 인물이다.

그로 인해 미란다는 노웸이 뭔가를 숨기고 있다고 생각하게 되었고, 두 사람 사이에는 커다란 도랑이 만들어졌다.

"—알겠습니다."

그리고 그건 클라라도 마찬가지다.

노웸이 라이엘에게 헌신한다는 거야 보면 알지만— 클라라는 그녀가 동료에게도 말할 수 없는 모종의 비밀을 가지고 있다고 보고 있었다.

그래서 예전처럼 「믿음직한 마법사」라고 순수하게 볼 수가 없어졌다.

노웸이 용건을 마치고 운전석에서 나가자, 클라라는 한숨을 내쉬며 오른손으로 안경을 벗었다.

"곤란하게 됐네요."

클라라도 파티의 분위기가 예전과는 다르다는 걸 느끼고 있었다—.

제89화 라우칸 왕국

몇몇 검문소를 지나 라우칸 왕국으로 찾아왔다.

소국이라 불리는 만큼, 도시는 하나다.

그 주변에 성채나 마을이 드문드문 존재한다.

나라의 분위기는—.

"반세임 동부와 비슷하네. 그냥 똑같잖아."

건물 양식이나 분위기가 국경을 나오기 전에 머물던 곳과 비슷했다.

내 옆에 선 클라라가 외팔로 책을 들고 대답해줬다. 재주 좋게 손가락을 써서 페이지를 넘기고 있다.

"이 주변은 반세임 왕국령이었던 시기가 있으니까요. 그 후에 영주들이 독립해서 소국이 난립했고, 전쟁이 이어진 뒤에 국가연합이 생겼다고 해요."

5대의 설명과 일치했다.

"국가연합이라."

"소국의 모임이니까, 규모는 크지 않지만요. 반세임 동부 지방보다도 규모가 작아요."

작은 나라가 모여서 반세임 왕국 동부 지방과 대치하고 있는 거다.

클라라는 책을 닫아서 가방에 넣기 시작했다.

외팔로 고생하고 있어서 도와주자, 고개를 꾸벅 숙이며 감사를 표했다.

"감사합니다. 그나저나—."

클라라가 그대로 주변에 시선을 돌렸다.

원래는 지나갈 뿐이던 나라였지만, 라우칸은 지금까지 들른 국가연합 나라들과 커다란 차이점이 있었다.

"굉장히 북적거리네요."

"그러게."

인파가 많다.

긴장을 풀면 사람과 부딪힐 것 같다.

도시를 둘러싼 벽 밖에는 새로운 벽이 건설되고 있다.

도시 내부도 여러모로 손대고 있는지, 건물을 부수고 있는 게 눈에 띄었다. 동시에 새로운 건물이 이곳저곳에 지어지고 있다.

"마치 도시가 다시 태어나는 것 같아."

그런 감상을 중얼거리자, 에바가 눈을 반짝였다.

"사람이 많네. 이런 곳에서 노래하고 싶어. 저기, 기왕 쉰다면 하루 정도 여기서 노래하게 해줘. 부탁이야, 라이엘."

클라라는 손을 맞대며 부탁하는 에바에게서 고개를 돌렸다.

"하고 싶은 말이 있으면 해봐. 고집불통 안경."

"거짓말쟁이 엘프에게 하고 싶은 말은 없어요."

"또 말했겠다! 이야기를 조금 과장하는 게 어디가 나쁘다는 거야! 그게 흥겨워지니까 어쩔 수 없잖아!"

"그런 이유로 이야기를 고치지 말아줬으면 좋겠네요. 그러니까 엘프는 싫어요."

이 두 사람도 사이가 나쁘다.

우리 파티에서 사이가 좋은 건— 미란다와 샤논인가? 아리아와 소피아도 사이가 좋은 것 같고, 노웸은 에바와 자주 이야기를 나누는 모습이 보인다.

"파티 내부가 국가연합 같네."

한숨을 내쉬자, 보옥에서 키득키득 웃는 소리가 들려왔다.

『말하고자 하는 바는 이해합니다. 하나의 파티 안에 몇몇 그룹이 만들어졌죠. 뭐, 문제는 있습니다만, 지금은 낌새를 보기로 할까요.』

4대의 말을 들으니 불안해졌다.

앞으로 괜찮을까.

그러자 5대가 내게 어드바이스를 줬다.

『목적을 방해할 것 같은 다툼은 네가 중재하면 돼. 그것 말고는— 보고도 못 본 척을 해. 너무 관여하면 피곤해질 뿐이야.』

그런 어드바이스를 들은 4대가 비아냥거리는 말을 던졌다.

『아내가 다섯 명이나 있어서 그런지, 말에 무게감이 있네요.』

『—시끄러워.』

5대는 그대로 입을 닫아버렸다.

호색한으로 전해지고 있지만, 5대는 여성의 대우에 관해서는 거리를 두라고 말하고 있다. 정말로 많은 여성을 끼고 있었던 게 맞나?

여성을 좋아하는 사람이라면, 좀 더 성큼성큼 다가간다는 이미지가 있다.

6대처럼.

가출했다가 들른 곳에서 아이를 만들어버린 게 6대다.

여성 관계 화제가 되면 질책을 듣기 때문인지, 오늘은 6대도 조용했다.

"검문소에서 들은 대로네. 상인도 많지만, 모험가도 많아."

곳곳에서 모인 것 같은 모험가들.

세력이 늘어나는 토지에는 상인이나 모험가들도 모인다.

현지인들도 그런 사람들에게 장사하면서 돈을 벌고 있는 모양이다.

현지의 모습을 본 4대가 말했다.

『틀림없이 뭔가 있군요. 가장 가능성이 높은 건, 던전일까요?』

던전.

그건 갑자기 나타난다.

자연이 풍부한 숲속.

혹은, 폐성터 같은 곳에도 나타난다고 들었다.

어디에 나올지는 모른다.

내부는 미로처럼 되어 있고, 함정만이 아니라 마물들이 우글거리고 있다.

그런 위험한 곳에 뛰어드는 게 모험가다.

던전은 사람을 끌어들인다.

왜냐하면, 위험한 장소에 사람을 유혹하기 위해 안으로 나아가면 나아갈수록 호화로운 보물을 잠재워두고 있으니까.

예외도 있지만, 던전은 위험해도 그만큼 많이 벌 수 있는 곳이다.

그리고 던전은 살아있다.

토벌하면 시들어버린다고 해야 할까— 죽어버리고, 던전은 사라진다.

최심부에 잠든 보물을 빼앗으면, 던전은 시들어서 사라져버리는 거다.

그런 던전을 바로 쓰러뜨리지 않고, 공존해서 마석이나 보물을 지속적으로 모을 수 있다면 최고이지 않을까?

그렇게 생각하며 관리하고 싶어 하는 나라는 많다.

실제로 반세임 왕국에서도 관리하는 던전이 몇 군데 존재한다.

쓰러뜨리지 않고, 던전을 계속 살려두면서 보물을 얻는다. —말하자면, 광산 같은 감각이다.

『정당한 방법으로 성과를 내기는 어렵고, 단시간에 이렇게까지 되었다면— 역시 던전이겠네.』

3대는 불쾌하다는 목소리를 냈다.

관리에 실패해버리면, 던전은 폭주한다.

던전은 폭주하면 마물을 방출해서 주변 나라를 습격한다.

던전 하나가 폭주해서 사라진 나라조차 있을 정도다.

관리를 잘못하면 큰일이 벌어진다.

마물에게 국경 따위는 존재하지 않는다.

한 나라가 실패해서 주변 나라에까지 피해를 끼치는 일이— 몇 번이고 반복되어왔다.

　4대가 보란 듯이 헛기침을 했다.

　『자, 그럼— 그런 민폐인 던전이 있으니까, 우리가 꼭 토벌하기로 하죠. 그러는 편이 이 나라를 위해 좋을 겁니다. 주변 나라도 안심하겠죠. 이 땅에서 사는 연약한 사람들을 위해 일하는 것도 기사로서, 그리고 귀족으로서의 의무!』

　모두를 위해 힘내자!

　좋은 말을 하는 것 같지만, 나도 이 사람들과 어울린 지 1년이 지났다.

　무슨 말을 하려는 건지 알아채고 말아서, 한 손으로 이마를 눌렀다.

　3대도 신나게 말했다.

　『덤으로 보물을 손에 넣고, 향후 군자금으로 삼자!』

　6대도 목소리를 높였다.

　『앞으로는 돈이 아무리 많아도 부족할 테니까요. 라이엘, 베임으로 가기 전에 호주머니를 든든하게 채우자. 군자금을 조달하는 거다!』

　7대도 즐거워 보인다.

　『노하우도 없는데 던전을 관리하다니 민폐이기 그지없는 일! 라이엘, 여기서는 세상을 위해 사람을 위해, 그리고 우리의 목적을 위해 힘내보지 않겠느냐.』

　네 사람의 목소리가 흐트러짐 없이 겹쳐졌다.

『이 나라의 보물은 우리 거다!』

재보를 손에 넣을 기회가 찾아왔다. ―네 사람은 그렇게 말하며 크게 기뻐했다.

이거다.

이게 이 역대 당주들의 본심이다.

말이야 신경이 쓰인다고 했지만― 역시 진짜 목적은 던전 최심부에 있는 재보였던 모양이다.

그러나, 5대만큼은 묘하게 조용했다.

―밤.

그 동굴은 라우칸 왕국의 숲속에 있었다.

입구는 주변 나무에 녹아드는 미채를 해뒀고, 기사나 병사들이 상주하면서 항상 감시하는 상태를― 이어가고 있었다.

숨겨져 있던 동굴은, 지금은 모습을 드러냈다.

동굴 입구는, 검게 그을려 있었다.

주변 초목에 작은 불이 번지고, 감시하던 기사나 병사들이 쓰러져 있다.

다들 숨은 쉬고 있지만 일어설 수 없는 모습이었다.

병사 한 명이 고개를 들었다.

"대, 대체 무슨 일이?"

정신을 잃기 전, 갑자기 격렬한 빛과 충격이 덮쳐오면서 뒤에서 폭음이 들려왔다.

지금도 귀가 따갑다.

날아가서 정신을 잃은 시간은 얼마나 되었을까?

병사가 주변을 보기 위해 고개를 움직이자, 상사나 동료들도 쓰러져 있었다.

"어, 어서 알려야……."

동굴은 라우칸 왕국이 주변 나라나 국민에게조차 숨기던 던전이다.

이곳에 기사나 병사를 파견해서 훈련을 하는 동시에 마석이나 보물을 얻고 있었다.

이것이 최근 급격하게 힘을 키우던 라우칸 왕국의 비밀이다.

이 나라에는 이런 던전이 몇 군데 존재한다.

병사는 일어나려 했지만, 몸에 힘이 들어가지 않아 움직일 수 없었다.

주변에서 불이 서서히 번지고 있는 것도 신경 쓰였다.

"젠장, 대체 무슨 일이야."

그러자— 말발굽 소리가 들려왔다.

그것도 동굴 안에서.

천천히, 그리고 확실한 발소리.

병사는 갑자기 등골이 오싹해졌다.

식은땀이 솟아났다.

던전에 말 같은 걸 데리고 들어가지는 않는다.

나온다면, 분명 마물이다.

일어날 수도 없는 상태에서는 마물에게 먹혀버릴 것이기에 몸이 떨렸다.

죽은 척을 해서 이 자리를 넘기려고 했지만, 발소리가 자신 근처에서 멈췄다.

굉장히 커다란 마물인지, 한 걸음마다 진동이 크다.

떨어서는 안 되건만, 떨림이 멈추지 않았다.

몇 초가 몇 분, 몇 시간으로 느껴졌다.

그런 병사에게 목소리가 들렸다.

—사람 목소리다.

"너희의 보스에게 전해. 쓸데없는 짓은 하지 말라고."

앳된 기운이 남은 목소리를 듣고 병사가 고개를 들자, 그곳에는 타이밍 좋게 구름에서 모습을 드러낸 달에 비친 아름다운 생물의 모습이 있었다.

말 같지만, 다르다.

이마에는 날이 휘어진 검처럼 솟아난 뿔.

푸른 눈동자는 보석 같은 빛을 발한다.

몸은 드래곤과 비슷한 비늘에 덮여 있다.

아름다운 하얀 비늘은 뿔이나 갈기의 금빛을 반사해서 반짝반짝 빛나 보인다.

그 모습에 숨을 삼켰다.

이윽고 그 생물은 달리기 시작했고, 지면에서 서서히 벗어나 공중에 보이지 않는 길이 있다는 듯이 달려갔다.

공중을 박차자 유리가 깨진 듯한 빛이 흩어지며, 그게 꼬리처럼 흘러갔다.

아름다운 생물은 밤하늘을 날아간 흔적을 남긴 채 사라졌다.

"시, 신수? 처, 처음 봤어."

겨우 입을 움직일 수 있게 된 병사는 밤하늘에 사라진 신수의 이름을 중얼거렸다.

"저게 기린인가."

평범한 짐승도, 마물도 아닌, 신수라 불리는 그 생물은 기린이었다─.

─라이엘 일행이 라우칸에 온 다음 날.

모험가 길드에 고개를 내민 아리아와 소피아는 수배서를 확인하고 있었다.

라이엘이 모반자로 지명수배되어 있으니까, 이제는 행동을 조심해야만 한다.

그러나 살펴본 바로는 라이엘의 수배서는 없었다.

"여기까지는 수배되지 않은 모양이네."

자신의 수색 의뢰서도 없다는 걸 확인한 아리아는 안도한 모습이었다.

"다른 나라니까요. 여기까지는 쫓아오지 못하지 않을까요?"

소피아는 수배서가 붙은 게시판에서 길드 안으로 시선을 옮겼다.

모험가들이 많다. 그런데도 길드 건물 자체가 작아서 매우 좁게 보인다.

갑자기 사람이 늘어나 버려서 대응하지 못하는 것처럼 느껴졌다.

접수대에도 많은 모험가가 줄을 서 있다.

"왠지 어디를 가더라도 인파가 많네요."

여관만이 아니다.

술집, 시장, 여기저기에 사람이 넘쳐난다.

벽 바깥에 텐트를 치고 그곳에서 생활하는 모험가들도 있을 정도다.

그런 모험가를 상대로 장사를 하는 사람도 모여서 벽 바깥까지 도시가 넓어졌다.

아리아도 소피아의 의견과 같은 견해였다.

"벽 바깥에 사람이 넘쳐나고 있네. 이 주변은 쓸데없이 마물이 많아서 모험가도 일감에 곤란하지는 않겠지만."

소피아는 칠판에 적힌 환율을 봤다.

마석 매매 가격이 적혀있는데, 이 주변에서는 제일 높다.

덤으로, 세금도 싸다.

"일감도 많고 세금도 싸요. 매매 가격도 불평할 여지가 없으니, 모험가들이 모이는 것도 당연하겠네요."

인파에 질색한 두 사람이 밖으로 나왔다.

아리아는 머리 뒤에 깍지를 꼈다.

"센트럴보다는 사람이 적지만, 좁은 곳에 쑤셔 넣은 것 같아. 갑자기 호경기가 찾아온 모양인데, 이런 일도 있구나."

두 사람이 길드 앞을 걸어가자, 모험가들이 다투는 소리가 들려왔다.

길 한가운데에서 대치하고 있다.

모두 다수.

인원이 적은 쪽은 상태 좋은 장비를 입어서 강해 보인다.

반대쪽 모험가들은 인원은 더 많아도 상태가 안 좋고, 다들 비슷한 장비를 입었다.

"아리아. 아무래도 싸움이 벌어진 모양이에요."

"그런 것 같네."

강해 보이는 모험가가 숫자가 많은 상대 앞에서 고함을 쳤다.

"멋대로 지껄이지 마라! 이쪽은 길드의 허가를 받았다고!"

숫자가 많은 쪽의 리더가 반박했다.

"이 토지에는 이 토지의 룰이 있다. 길드의 허가만 받으면 뭐든 해도 된다고 생각하지 말라고!"

아무래도 호경기를 틈타서 들어온 모험가들과 현지에서 태어나 자란 모험가들이 말다툼을 벌이는 모양이었다.

도시 주민들은 민폐라는 시선을 보내면서 분위기가 험악해지는 집단 옆을 지나갔다.

급격하게 사람이 늘었기에, 이런 소동은 일상다반사가 되었다.

"싫다. 또 모험가가 싸우고 있어."

"날뛰다가 물건을 부수지 않으면 좋겠는데."

"요전에는 상인들도 실랑이를 벌였대. 요즘 어디나 싸움이 많아서 싫다니까."

주부들이 그렇게 말하며 아리아와 소피아 옆을 지나갔다.

두 사람은 싸움에 말려들지 않게 그 자리를 떠났다.

"호경기지만, 문제도 많아 보이네요."

소피아가 탄식하자 아리아도 동의했다.

"돈은 벌겠지만, 여기를 홈으로 삼아야겠다는 생각은 안 드 네. 당장 베임으로 가면 될 텐데, 라이엘은 무슨 생각인 걸까?"

두 사람은 여관으로 향했다―.

『싫은 일은 눈에 띈단 말이지.』

"네, 네에. 그런가요."

보옥 안 원탁의 방.

나는 보옥 안으로 의식을 날리면 역대 당주들과 면회할 수 있다.

여기는 신기한 곳이다.

현실에는 존재하지 않는 역대 당주들과 마주 보고 이야기를 나눌 수 있다.

그리고― 그들의 기억을 볼 수 있는 곳이기도 하다.

『세상에는 무슨 일이 생기면 좋은 면과 나쁜 면이 나오는 게 당연해. 뭐, 주관 문제이기도 하지만.』

3대가 그렇게 말하자, 4대가 깊이 고개를 끄덕이며 동의했다.

뭔가 여러모로 생각하는 바가 있는 모양이다.

『이해합니다. 정말 이해합니다! 평소처럼 하면 불만을 품고, 방식을 바꿔서 개선하면 이의를 제기하죠. 애초에 100점 만점 같은 걸 노릴 수는 없건만, 80점의 성과를 내더라도 남은 20점 부분을 후려칩니다! 그럼 너희가 해보라고! 라고 말하고 싶어진단 말이죠.』

4대는 흥분했는지, 평소보다 안경이 꺼림칙하게 반짝이고 있었다.

과거에 무슨 일이 있었나?

3대도 조금 기겁하고 있었다.

『그, 그래─응. 아무튼 나쁜 점은 눈에 띄는 법이야.』

애초에 무슨 이야기를 하고 있었느냐면, 아리아와 소피아가 길드에서 있었던 이야기를 우리에게 해줬다.

라우칸은 호경기이기는 하지만, 이런저런 문제가 많아서 힘들어 보이는 토지라고 말했다.

그걸 역대 당주들에게 이야기하자, 이렇게 되었다.

3대는 흥분하는 4대를 경계하면서 말을 이었다.

『불경기인 것보다는 훨씬 나은데 말이지.』

『그럼 3대는 이대로 무시하고 라우칸을 나가자는 겁니까?』

『그것하고 이건 다르지. 보물은 우리가 가져갈 거야.』

─던전을 토벌하면 라우칸 왕국은 불경기가 될 텐데, 미안한 기색이 전혀 없었다.

"3대, 성격 나쁘네요."

『어째서? 애초에 던전이 있다고 치고 하는 말이야. 가능성은 높으니까, 당장 발견해서 토벌해야지. 이 주변 일대가 황무지가 되는 것보다는 낫지 않을까? 라이엘, 던전의 폭주를 얕보고 있지 않아?』

나의 지식은 책에서 얻은 게 많다.

던전의 폭주도 위험하다는 건 인식하고 있다.

그러나, 실제로 체험하지는 않았다.

『던전이 한 번 폭주하면, 이 주변에 사는 사람은 한 명도 남김없이 죽어. 운 좋게 소수가 살아남는다고 해도, 아무것도 없는 토지에서는 살아갈 수 없으니까. 차라리 가난한 게 나아. 어라? 라우칸은 원래 가난했던가?』

"저도 자세한 건 몰라요."

『그럼, 내일부터는 이 주변 사정을 조사해볼까.』

"그건 상관없지만— 저기, 저는 어째서 여기에 불려온 거죠?"

원탁의 방에는 3대와 4대의 모습밖에 없었다.

다른 세 명은 쉬고 있는 모양이다.

『그게, 실은 신경 쓰이는 게 있어서. 저거, 라이엘의 방 뒤쪽.』

돌아보자, 그곳에 있는 건 얼마 전에 출현한 기억의 방— 내 기억으로 이어져 있다고 하는 방으로 가는 문이다.

역대 당주들이 보기에는, 뭔가 이질적으로 느껴지는 모양이다.

조사해보려고 해도, 자물쇠가 걸려있어서 열 수 없었다.

"제 기억 같은 건 봐도 재미있지 않아요."

『우리가 보면 재미있을지도 모르잖아. 자물쇠— 아니, 뭔가 하면 열릴 테니까 이렇게 나왔다고 생각하거든. 라이엘은 뭔가 떠오르지 않아? 감이라도 좋으니까, 이렇게 하면 열릴지도 모른다는 거 없어?』

"없네요."

3대도 4대도 단서가 없는 걸 낙담하고 있었다.

『유감이네. 라이엘의 기억을 보고 웃어주려고 했는데.』

『기대하고 있었는데 말이죠.』

이 녀석들 너무하네.

최근의 나는 눈앞에 있는 게 훌륭했다고 전해지는 선조님들과는 다른 사람이 아닐까 하는 마음이 들어서 견딜 수가 없다.

그리고, 두 사람은 또 하나 신경 쓰이는 걸 물었다.

『그보다도, 최근 보옥은 어때?』

3대의 막연한 질문을 들은 나는 이마에 손을 댔다.

"잘 모르겠네요. 갑자기 불안정해지는 일이 많아졌어요."

4대도 걱정하고 있었다.

『평소의 마력 소비도 안정적이지 않군요. 은색 무기도 다룰 때 주의할 필요가 있겠죠. 그나저나, 어째서 이렇게 불안정해진 건지ㅡ.』

『예상은 되긴 하지만.』

두 사람의 시선이 내 기억의 방으로 향했다.

단서가 있다면, 분명 내 기억의 방이겠지.

고민에 잠긴 두 사람을 보던 나는 여기서 하나 떠올렸다. 동부에 오고 나서부터 왠지 모르게 믿음직해진 5대가 던전 이야기 때 묘하게 조용했던 것이 신경 쓰였으니까.

"저기, 그리고 보니 5대는 어떤 사람이었나요?"

『어떤? 겉보기 그대로 아니야?』

3대는 전사했기에 손자인 5대를 잘 모른다.

4대가 복잡한 표정으로 나지막하게 말했다.

『옛날에는ㅡ 솔직하고 귀여운 아이였는데 말이죠.』

그걸 들은 3대가 흥미를 보였다.

『옛날에는, 이라. 나도 신경이 쓰였어. 5대에게 부탁해도 기억을 보여주지는 않을 테니까, 여기서는 4대의 기억으로 확인해보지 않겠어?』

4대가 미묘한 표정을 지은 걸 눈치채고 있을 텐데도, 3대는 기억을 보고 싶어 했다.

평소였다면 눈치 있게 화제를 바꿨겠지.

그러지 않는 3대가 묘했다.

나로서도 5대 일은 신경이 쓰인다.

예전에는 솔직하고 귀여웠는데, 어른이 되어서 바뀌었다고 한다.

6대가 말했던, 자기 자식보다도 귀여운 동물을 소중히 여겼다는 이야기는 부모로서 어떤가 싶기도 하다.

『자자, 조금이라도 좋으니까 기억 좀 보여줘.』

『—어쩔 수 없군요.』

3대가 밀어붙이자, 4대는 일어나서 자기 기억의 방으로 향했다.

나와 3대가 따라갔다.

월트 가의 전환기를 지탱했던 것이 4대다.

당시 준남작가였던 월트 가는 3대의 공적으로 인해 승작해서 남작가가 되었다.

남작가부터는 진짜 귀족으로 대우한다.

이제까지는 봉신으로, 신분이 더 높은 귀족에게 돌봄을 받는 지위였다.

남작가가 되면 주군으로서 이전 월트 가와 같은 준남작가나 기사작가를 돌봐줘야 한다.

아무튼, 규모가 단숨에 커졌다고 보면 된다.

그런 시대를 지탱했던 것이 4대다.

4대에게는 커다란 무훈은 없지만, 전환기를 능숙하게 넘어서는 내정 수완으로 월트 가의 향후 기반을 닦은 인물이다.

그런 4대는 저금이 취미이고, 금고를 금화로 가득 채우는 게 꿈이었다.

─월트 가 저택.

남작으로 승작했기에 지금까지의 저택이 비좁아져서 커다란 저택으로 다시 지었다.

저택 안에는 고용인들이 황급히 돌아다니고 있었다.

"뭔가 소란스럽네요."

4대의 뒷모습을 따라간 나는 복도의 낌새를 살폈다.

장식이 적고, 백작가로 승작했던 7대의 월트 가와 비교하면 수수한 저택이었다.

지나가는 사람들과 몸이 닿아도, 상대는 실체가 없기에 우리의 몸을 통과한다.

그들은 환상이다.

『혹시, 출산인가?』

3대가 중얼거리자, 4대가 답했다.

『네, 맞습니다. 5대가 태어난 날이죠.』

어째서 그런 날을 보여주는 걸까?

그렇게 생각하자, 3대는 기뻐 보였다.

"왜 그러세요?"

『마크스가 배려해준 거야. 왜냐하면, 나는 손주의 탄생을 보지 못했으니까.』

그건 그렇다고 납득하자, 4대는 쑥스러운지 부정했다.

『따, 딱히 3대를 위해서는 아닙니다. 프레더릭스― 5대에 대해 가르쳐주기 위해서죠.』

『쑥스러워하지 마. 그나저나, 월트 가도 변해버렸네.』

3대는 여러모로 생각하는 바가 있던 모양이지만, 어느 방에 도착하자―.

『어?』

놀라는 3대와 마찬가지로, 나도 눈을 의심했다.

"이, 이건―."

4대도 우리가 뭘 말하고 싶은지 이해하는지, 오른손으로 얼굴을 덮으면서 설명했다.

『당시에는 연줄도 없어서, 결혼하는 상대를 찾는 것도 힘들었습니다. 무엇보다, 그「가훈」이 있었는지라 고생했죠.』

그곳에는 30대도 절반 정도 지나간 4대와― 침대에 누운, 피곤한 기색의 소녀가 있었다.

붉은 머리가 땀에 젖어 이마에 달라붙었고, 피곤해 보이지만 미소를 짓고 있다.

그 드세 보이는 여자아이가 출산을 한 모양이다.

틀렸으면 좋겠다고 생각하면서 바라보자, 기억 속의 4대―마크스가 울고 있었다.

『【브리짓】. 고맙다. 이걸로 월트 가도 안정을 찾겠어.』

붉은 머리 여자아이는 아버지와 자식만큼 나이 차이가 나는 마크스에게 이렇게 말했다.

『울지 마. 그래도 오늘은 기분이 좋으니까 70점을 줄게. 귀여운 「프레더릭스」를 봐서, 감점은 줄여주겠어.』

아무래도 틀림없어 보인다.

붉은 머리 여자아이가 마크스의 아내인 것 같다.

3대가 고개를 가로저었다.

『―이건 기겁하겠네.』

나도 동감이었다.

"4대. 이건 좀 아닌 것 같은데요. 나이 차이가 얼마나 나는 거죠?"

그러자 3대가 고개를 갸웃했다.

『어, 거기? 이런 경우에는 출산을 견딜 수 있는 나이인지를 걱정해야 하는 거 아니야?』

"네?!"

아무래도 나와 3대는 문제시하는 부분이 달랐던 것 같다.

나는 나이 차이를 문제로 삼았지만, 3대는 아이를 낳을 수 있는 나이인지를 걱정하고 있었다.

4대가 한숨을 내쉬었다.

『문제없습니다. 브리짓은 시집을 왔을 때부터 이미 성인이었으니까요. 원래부터 체구가 작고, 용모도 저래서 어리게 보이거든요.』

3대는 마지못해 납득했다.

『그럼 괜찮긴 하지만.』

"어, 괜찮은 건가요? 부녀만큼 나이 차이가 나는데?!"

『그건 문제가 아니야. 귀족의 결혼이니까, 반대 패턴도 있거든. 후계자의 유무는 중요하니까, 어느 정도는 나이도 신경 쓰기는 하지만.』

4대도 수긍하고 있기에, 아무래도 내가 틀린 모양이다.

납득할 수 없어.

『애초에 제 시대는 아무튼 바빴습니다. 갓 남작가가 되어서 여러모로 일손이 부족했고, 결혼에 관해서도 남작이 되었는지라 지금까지와는 달라야 했죠. 덤으로 그 가훈 때문에 결혼하지 못한 채 30대 중반이 되어버렸다고요.』

월트 가에는 술에 취한 초대가 만든 가훈이 있다.

만든 본인은 잊어버렸기에 다른 여섯 명에게 빈축을 샀다.

지금도 즐거운 추억 중 하나지만, 내용은━.

첫 번째, 용모가 뛰어날 것.

두 번째, 건강할 것.

세 번째, 몸이 튼튼할 것.

네 번째, 머리가 좋을 것.

다섯 번째, 피부가 예쁠 것.

—이 다섯 개이고, 5대 시대에 여섯 번째인 「마법이 우수할 것」을 추가한 것이 월트 가의 혼인 가훈이다.

"그러고 보니, 가훈 여섯 번째를 추가한 건 5대였네요."

4대는 갓 태어나서 울고 있는 아기 프레더릭스를 어딘가 슬픈 시선으로 바라봤다.

『저는 늘리기를 원하지 않았는데 말이죠. 애초에 가훈 자체를 없애버릴까 생각했었으니까요.』

그런데도, 프레더릭스는— 5대는 유지한 데다 항목을 늘려 버리고 말았다.

제90화 5대

4대의 기억의 방.

5대의 비밀을 찾으려는 우리는 프레더릭스의 어린 시절을 보고 있었다.

열 살이 된 프레더릭스가 4대의 아내인 브리짓 씨를 불렀다.

『어, 어머니.』

힘껏 까치발을 든 듯한 느낌이다. 그러자 브리짓 씨의 눈에 점점 눈물이 고였다.

『프레더릭스가 불량해졌어어어!』

진심으로 울고 있다.

가짜로 우는 게 아니라, 진짜로 울고 있었다.

그 모습을 본 3대는―

『우와아~.』

―기겁하고 있었다.

프레더릭스는 황급히 브리짓 씨를 「엄마」라고 고쳐 불렀다.

『엄마, 미안해! 그, 그래도 엄마는 뭔가 이상하잖아. 다르게 부르고 싶어.』

『어머니 같은 건 싫어! 어머님도 남 같아! 다른 호칭도 싫어! 프레더릭스는 엄마라고 불러줬으면 좋겠어!』

어린애처럼 떼를 쓰는 브리짓 씨는 체구가 작은 데다 동안이라서 어린 프레더릭스의 누나처럼 보였다.

곤란해진 프레더릭스가 어깨를 떨궜다.

『아, 알았어.』

그 대답을 듣자마자 활짝 웃은 브리짓 씨가 프레더릭스를 끌어안았다.

정말 끔찍하게 사랑하고 있다.

─부러울 따름이다.

『5대가 거스르지 못할 만하네. 어머니를 엄마라고 부를 타입으로는 안 보였는데, 이건 거스를 수 없겠어.』

3대가 웃자, 4대가 기쁜 듯한─ 그러나 슬프게도 보이는 복잡한 표정으로 답했다.

『프레더릭스는─ 외동아들이었으니까요. 브리짓도 그래서 귀여워했던 거겠죠.』

3대가 진지한 표정을 지었다.

『낳은 뒤에 무슨 일 있었어?』

『─다쳤습니다. 브리짓은 측실을 들이라고 말했지만, 저는 받아들이지 않았죠.』

『─그렇구나.』

3대가 그렇게 말하자, 주변 경치가 변했다.

어느새 장면은 저택 현관으로 변했고, 그곳에서 마크스와 고용인들이 브리짓 씨를 맞이하고 있었다.

4대가 쑥스러워하며 말했다.

『아, 이건 초대면일 때의 기억이군요. 그립네요.』

"네?"

갑자기 뭘 보여주는 건가 싶었는데, 아무래도 본인이 의식해버려서 기억의 방이 반응한 모양이다.

브리짓 씨는 자작가의 딸이지만, 가문은 거의 몰락해버렸다고 한다.

함께 온 고용인도 적고, 짐도 거의 없었다.

그러나 당당했다.

한편 마크스는 딱딱한 미소를 짓고 있었다.

『으, 으으음— 당신이 브리짓 씨인가?』

외모가 어린애 같은 브리짓 씨를 보고 아무래도 불안해진 모양이다.

그런 태도를 본 브리짓 씨가—.

『20점. 아내가 될 나를 잘 모르는 것도 감점이고, 이렇게 눈앞에 있는데도 눈치 있게 받아들이지 못하는 것도 마이너스네.』

『아, 아뇨. 이거 실례했습니다. 굉장히 귀여운 아가씨여서—.』

『10점 감점. 당신의 평가는 이걸로 10점이야. 그냥 이 자리를 대충 넘기려는 빈말 같은 건 필요 없어. 어린애로밖에 보이지 않았지?』

마크스가 압도당하고 있다.

저택 고용인들도 똑같았다.

시집온 가문에서 처음부터 태도가 굉장하지만, 그만큼 무언가가 있었다.

『아내가 될 거니까, 나는 나의 역할을 다하겠어. 그건 걱정하지 않아도 돼.』

『그, 그렇습니까.』

4대는 명백하게 낙담한 듯한 마크스를 보며 웃었다.

『이야~, 이 시절에는 정말로 어떻게 될지 걱정이었죠.』

3대가 납득했다.

『4대가 때때로 몇 점! 이라고 평가하는 건 아내의 흉내였구나.』

『오랜 세월 평가를 받아온지라, 어느새 저도 그 버릇이 생겨버렸죠.』

그러자 주변 경치가 잿빛으로 물들더니— 이번에는 어린 프레더릭스가 방에서 놀고 있었다.

마크스와 브리짓 씨가 프레더릭스에게 말을 걸었다.

『프레더릭스, 즐겁니?』

『네!』

『으~음. 역시 내 아이! 나무 쌓기 놀이에서도 센스가 느껴지네.』

브리짓 씨가 칭찬하면서 끌어안았다.

프레더릭스는 괴로워 보인다.

『엄마, 괴로워.』

마크스도 귀여워하고 있지만, 브리짓 씨는 그 이상으로 끔찍이 사랑하고 있었다.

3대는 프레더릭스에게 다가가서 얼굴을 들여다봤다.

『이 아이가 장래에 5대가 된다고? 상상할 수 없네.』

이후의 대화도 봤지만, 프레더릭스는 확실히 솔직하고 귀여운 아이였다.

　그러나, 다음 기억에서는—.

　시간이 많이 흘러서, 프레더릭스는 어른이 되었다.

　지금의 5대에 가까운 체격이다.

　그러나, 분위기는 5대보다도 더 차갑게 느껴졌다.

　조금도 늙지 않은 브리짓 씨가 프레더릭스에게 여성을 소개
하고 있었다.

　『프레더릭스. 이 아이가 예전에 이야기한 【클로에】란다. 동부
출신이고, 우리 집에서 맡아두고 있다는 건 이야기했었지?』

　백발이 섞이게 된 마크스가 프레더릭스에게 날카로운 시선
을 보냈다.

　『뭔가 말이라도 하는 게 어떠냐? 그냥 소개하는 게 아니라
는 것 정도는 알고 있잖아?』

　프레더릭스가 노려보자 상대 여성— 클로에 씨는 매우 곤혹
스러워했다.

　갈색 보브컷에, 탄탄한 몸을 가졌다.

　덤으로 프레더릭스보다 키가 크다.

　『저, 저기. 저처럼 키가 큰 여자는 싫어하시나요?』

　클로에 씨는 키가 큰 것에 콤플렉스가 있는 모양이다.

　그러나 프레더릭스는 신경 쓰는 기색이 없었다.

　『—지금까지 뭔가 큰 병에 걸린 적이 있어?』

　차가운 목소리라서, 마크스도 브리짓 씨도 곤혹스러운 표정
이다.

대체 무슨 일이 있었던 걸까?

클로에 씨가 프레더릭스의 질문을 듣고 시선을 옮기면서 대답했다.

마치 취조라도 하는 것 같다.

도저히 맞선이나 상견례 같은 분위기가 아니었다.

『아, 아뇨. 없어요.』

『몸도 튼튼해 보이네. 피부의 윤기도 좋고.』

『단련하고 있으니까, 이 정도는 평범하죠.』

『가훈은 클리어한 셈이야.』

3대는 「여자아이가 이렇게 단련하는 게 평범한가?」라며 고개를 갸웃했다.

내가 보더라도, 클로에 씨는 몸을 꽤 단련한 것 같다.

4대가 가르쳐줬다.

『동부는 무술이 발달해서, 여성도 단련하는 아이가 많거든요. 그녀는 어느 유파에서 면허개전을 받은 실력자였죠. 월트 가에 본격적인 무술이 들어오게 된 것은 이 무렵입니다.』

듣고 나서 납득했다.

앉아있는데도 등을 쭉 펴고 있고, 자세가 무너지지 않았다.

프레더릭스는 그런 클로에 씨를 향해—.

『마법은?』

『이래 봬도 귀족 출신이라서 얼추 쓸 수 있습니다.』

그걸 들은 프레더릭스가 자리에서 일어났다.

『기다려라!』

마크스도 일어나서 프레더릭스를 막으려 했지만—.

『맞선이잖아? 나는 상관없어. 이런 나라도 좋다면 언제든 결혼할 거야.』

—그대로 방을 나갔다.

마치 결혼에는 흥미가 없는 것 같았다.

가훈에만 따른다면 상대는 누구라도 좋다는 태도다.

마크스는 프레더릭스가 사라지자 클로에 씨에게 사과했다.

『미안하네. 최근 여러 일이 있어서 본인도 지쳤거든.』

『—괜찮아요. 게다가, 이 혼담은 이쪽에서 부탁드린 처지니까요.』

4대가 당시 상황을 설명해줬다.

『동부는 영지 간의 작은 분쟁이 커져서 정말 힘든 시기였으니까요. 월트 가도 피난한 귀족의 가족을 받아들였습니다. 당시의 월트 가는 나름대로 발전했었으니까요. 경제적인 지원도 끌어내기 위해, 이렇게 딸을 시집보낸 가문도 많았죠.』

4대의 내정 수완도 있었지만, 무엇보다도 브리짓 씨도 이런 일이 특기였다고 한다. 두 사람이 힘을 합쳐서 영지를 발전시키자— 동부 귀족들이 눈독을 들였다.

4대는 그들이 월트 가의 지원을 받고자 딸을 시집보내려 했다고 가르쳐줬다.

『동부에서 싸우는 남편을 위해, 아버지를 위해, 형제를 위해— 피난해온 가족들도 필사적이었죠.』

클로에 씨에게 거절한다는 길은 없었다.

아니, 프레더릭스가 거절하지 않는 한 이 이야기는 이미 결정된 거였다.

3대는 턱에 손을 댔다.

『무슨 일이 있었는지 알고 있지 않아?』

그 질문에 4대가 답했다.

『이후에는 본인에게 들어주세요. 하지만, 프레더릭스는 다정한 아이였습니다. 저는 그걸 가르쳐드리고 싶어서 두 사람에게 기억을 보여준 겁니다.』

　

—라우칸 왕국의 왕궁.

습격받은 던전의 보고를 들은 왕은 앉아있던 의자 팔걸이를 무의식적으로 움켜쥐었다.

저도 모르게 허리가 올라가고, 몸이 앞으로 쏠렸다.

이윽고 왕은 눈을 크게 뜨고는 웃음과 함께 물었다.

"확실히 신수를 본 거겠지!"

몸에 치료한 흔적이 눈에 띄는 기사는 안 좋은 안색으로 보고를 이어갔다.

"예, 예. 부하 병사가 그 모습을 목격했습니다. 하얀 비늘에, 황금의 뿔이 아름다운 짐승이었다고 합니다. 사람 말을 하는 점을 고려하더라도 신수가 틀림없을 겁니다."

이 세계에서 기린이 신수라 불리는 것은 이유가 있다.

마물과 싸운다는 게 그중 하나다.

그리고, 함부로 사람을 상처 입히지 않는다고 알려져 있다.

사람으로는 토벌하기 곤란한 던전을 쓰러뜨린다고도 한다.

사람에게는 고마운 짐승이다.

그리고 행운을 가져다주는 짐승이라는 말도 있다.

신수가 인정한 인물은 반드시 성공한다고 전해질 정도다.

성공의 상징으로 알려져 있었고, 기린은 그중 하나다.

그러나 왕 옆에 대기하던 중신은 보고를 듣고 초조해했다.

"폐하. 이대로 가면 이 나라에 있는 던전이 모두 신수에게 들키고 맙니다. 자칫하면 향후 방침에도 큰 영향을 주게 될 겁니다."

라우칸은 던전을 숨겨왔기 때문에, 던전이 쓰러져버리면 곤란해진다.

왕은 중신의 말을 듣자 「알고 있다」라고 내뱉고는, 턱을 주무르면서 고민하기 시작했다.

잠시 뒤.

"기린이 이 나라에 나타난 것은, 길조일지도 모르지."

"폐하?"

"기린을 손에 넣는다. ―국가연합의 맹주가 될 나에게 어울린다고 생각하지 않나?"

왕의 생각을 알아챈 중신이 곤란한 표정을 보였다.

쌍수를 들고 찬성할 수는 없었다.

"기린을 손에 넣는 건 어렵다고 합니다. 만약 심기를 거스른다면 어떤 재앙이 일어날지 모릅니다."

"약해지지 마라. 이런 중대한 시기에 기린이 찾아온 거다.

오히려 재수가 좋다고 생각해야 하지 않겠나?"

신중한 중신의 의견을 치워버린 왕은 일어나서 명령을 내렸다.

"기린을 사로잡는다! 기사도 병사도 총동원한다. 모험가들도 써라. 백성도 써라. 기린을 사로잡는 자에게는 포상을 원하는 대로 주겠다고 전해라!"

기린을 손에 넣는다.

그걸 위해 왕은 전력을 다하겠다고 결정했다—.

다음 날은 떠들썩했다.

"아침부터 떠들썩하네."

거리로 나와서 정보를 모으던 나는 광장에 인파가 모인 걸 발견했다.

옆에 선 노웸도 주변의 모습이 어제와 다르다는 걸 신경 쓰고 있었다.

"광장 중앙이 떠들썩하네요."

광장에 뭔가 있는 모양인데, 사람이 너무 많아서 멀리서는 보이지 않는다.

그러자 소피아가 내 어깨를 두드렸다.

"라이엘 공, 맡겨주세요!"

"—어?"

오늘은 아침부터 노웸과 소피아 두 사람과 행동하고 있다.

이 두 사람은 딱히 삐걱대는 분위기를 내지 않아서 고맙다.

위장에 다정한 조합이다.

소피아가 나에게 등을 돌리고 쪼그려 앉았다.

"자!"

"아니, 자—라고 말해도 곤란한데."

소피아는 내게 고개를 돌렸다.

"목말이에요. 그러면 광장 중앙을 볼 수 있으니까요."

어쩌지— 정말 사양하고 싶다.

"괘, 괜찮아."

"무슨 말씀이세요? 무슨 일이 일어난 건지 알기 위해서라도 필요해요. 자, 어서 올라타세요. 제 아츠라면 무게 같은 건 상관없으니까요."

소피아는 건드린 것의 중량을 변경할 수 있는 아츠를 가졌다.

여자아이지만, 나 같은 남자도 가볍게 들어 올릴 수 있다.

"그런 의미가 아니라—."

부끄럽다고 말하고 싶었는데, 소피아는 억지로 나를 들기 시작했다.

"됐으니까 빨리 오세요!"

저항도 무색하게 목말을 타게 된 나에게 주변의 시선이 모였다.

"부, 부끄러워."

목말을 탄 나를 노웸이 올려다봤다.

"라이엘 님— 목말을 탄 모습도 근사하시네요."

배려해주듯이 웃으며 말해도 기쁘지 않다.

"노웸. 억지로 칭찬하지 마. 쓸데없이 더 부끄러워지잖아."

"죄송해요. 저도 조금 괴롭겠다고 생각하게 되네요."

소피아에게 목말을 타서 부끄러워하는 와중에 4대의 목소리가 들렸다.

『여자아이에게 목말이라니— 아니, 그보다도 지금은 무슨 일이 일어나고 있는지 조사할까요. 라이엘, 뭔가 보입니까?』

그 말을 듣고 시선을 광장 중앙으로 돌렸다.

"팻말이 있네."

모인 사람들은 그 내용을 잡아먹을 듯이 보고 있었다.

글을 모르는 사람은 아는 사람에게 자세한 이야기를 듣는 모양이다.

『팻말? 뭔가 중요한 이야기인가?』

6대가 흥미를 보였지만, 멀어서 읽을 수 없다.

나는 소피아에게 말을 걸었다.

목말을 타서 장딴지에 커다란 가슴이 닿고 있다.

조금 아까운 기분도 들지만, 주변 시선이 계속 모이는 건 부끄럽다.

"이제 괜찮아."

"뭔가 알아내셨나요?"

"팻말이 있다는 것 말고는 모르겠네."

팻말이 있으니까, 나중에 확인할 수 있겠지.

내려달라고 하자, 노윔은 인파를 헤치고 다가오는 에바를 알아챘다.

"왜 목말을 타고 있었어? 덕분에 찾기 쉬웠지만."

에바는 숨을 헐떡이고 있었다. 우리를 찾고 있었던 모양이다.

"기린! 기린이 나왔대! 그래서 기린을 사로잡으려고 모험가를 모으고 있는 것 같아."

기린이라는 말을 듣고 놀라자, 5대의 목소리가 들렸다.

『—기린이라. 그 녀석은 잘 지내고 있을까?』

어딘가 그리운 듯도 하고, 기쁜 듯한 목소리였다.

방으로 돌아오자 에바가 전원을 모았다.

방에는 침대 몇 개가 놓여있다. 침대끼리의 간격은 좁아서, 사람이 많은 라우칸의 사정을 웅변하고 있는 듯한 방이다.

여관의 숫자에 비해 손님이 너무 많다.

덤으로 1박의 가격도 비싸다.

그래도 이용하는 건, 밖에서 숙박하는 건 위험하기 때문이다.

단지, 데미언은 밖에 세워둔 덤프카에서 숙박하고 있다.

릴리 씨는 그런 데미언을 돌보고 있어서 두 사람은 이 자리에 없었다.

커다란 덤프카지만, 데미언이 가져온 짐으로 가득해서 전원이 묵을 수는 없다.

샤논은 불쾌한 듯 투덜댔다.

"좀 너무하지 않아? 이제부터 유랑극단 공연이 시작되려는 참이었는데. 나, 어제부터 기대하고 있었단 말이야."

갑자기 호출되어서 화를 내고 있다.

"너는 자유로워서 좋겠네."

내가 그렇게 말하자, 샤논이 무릎을 노리고 걷어찼다.

뒤로 한 발짝 물러나서 피하자, 샤논이 이를 악물었다.

"용돈으로 즐기는 것 정도는 괜찮잖아!"

"안 된다고 말하지는 않았잖아. 성질내지 마."

놀리자, 미란다가 어린애를 꾸짖는 태도로 말했다.

"두 사람 다 거기까지야. 에바가 무서운 얼굴을 하고 있잖아."

에바가 울컥해서 반론했다.

"안 했거든! 그보다도, 확실하게 확인해두고 싶어. 너희, 기린에 관해서 얼마나 알고 있어?"

그 말을 듣고 대답한 건 아리아였다.

"기린이잖아? 여신의 사자라든가, 행운의 짐승이라든가?"

소피아도 수긍했다.

"신수 중에서는 자주 보이는 부류라고 들었죠. 저도 본 적은 없지만, 거느린다면 영웅이 될 수 있다는 말을 들은 적이 있어요."

샤논은 고개를 갸웃하며 물었다.

"어? 나쁜 짓을 안 하는 마물 아니었어?"

아무래도 샤논은 모르는 모양인지라, 클라라가 간단히 가르쳐줬다.

"마물이 아니라 신수예요. 기린은 그중에서도 우리 인간과 가장 가까운 존재라고 전해지죠. 목격 사례도 많고, 개중에는 기린의 호감을 산 사람도 있어요. 그런 사람들은 대다수가 성공했기에, 기린은 행운을 부르는 신수라고 불리고 있죠."

샤논이 흥미로운 듯 고개를 끄덕였다.

"좋네. 분명 나라면 좋아할 거야. 라이엘은 싫어하겠지만."

"뭐라고!"

도발이 날아와서 반박하려 하자, 미란다가 말렸다.

"라이엘도 화내지 마. 그보다도, 기린은 귀족에게도 중요해. 전쟁 전에 발견하면 길조라고 전해지고, 기린이 있는 영지는 반드시 번영한다고 하니까. 무리해서라도 사로잡으려는 귀족이 많아."

노웸은 그런 이야기를 묵묵히 듣고 있었다.

모니카는 흥미로운 듯이 들으면서 말했다.

"요약하면, 행운 덩어리 같은 짐승이라는 건가요? 그보다도, 신수— 이 대륙은 많은 여신을 믿고 있으니까, 여신의 사도라서 신수인가요. 라우칸 왕국이 필사적으로 찾을 만하네요."

우리의 이야기를 듣던 5대가 보옥 안에서 어이없다는 목소리를 냈다.

『너희도 소문 정도밖에 모르잖아.』

뭔가 기린에 관해 알고 있는 걸까?

물어보려 하자, 그 전에 에바가 목소리를 높였다.

"너희, 아무것도 모르고 있잖아!"

고함을 듣고 우리가 입을 다물자, 에바는 진지한 얼굴이 되었다.

그리고는 허리에 손을 대며 말했다.

"기린이나 신수는 굉장히 강하고 현명해. 성가신 마물은 간단히 쓰러뜨려 버려. 사람이 들어갈 수 없는 곳에 생긴 던전도 토벌하니까."

미란다가 납득했다.

"무리해서 사로잡으려던 귀족이 오히려 격퇴당했다는 이야기는 확실히 많이 들었어."

아무래도 사로잡는 건 어려운 모양이다.

"그럼 문제없지 않아? 억지로 사로잡힌다면 불쌍하겠지만, 에바의 말대로라면 내버려 둬도 괜찮아 보이니까."

기린이라면 자력으로 돌파할 수 있을 것 같다.

그러자 노웰이 곤란한 표정을 보였다.

"라이엘 님. 에바 씨가 하고 싶은 말은, 「기린은 던전을 토벌한다」라는 부분이에요. 현명한 기린이 일부러 사람 앞에 모습을 드러내며 행동한다는 건, 그에 걸맞은 이유가 있기 때문이 아닐까요?"

에바가 노웰의 의견에 동의했다.

"던전이 많거나, 폭주 직전인 위험한 던전이 있는 게 아닐까? 이미 토벌이 끝나서 돌아갔다면 다행이지만― 그게 아니라면 위험해."

샤논은 흥미가 없어 보였다.

"그래도 짐승이잖아? 그냥 남들 앞에 나온 거 아냐?"

"신수는 사람의 말을 이해해. 현명하다고 말했잖아? 지금의 샤논보다 머리가 좋을지도 몰라."

에바한테 그런 말을 들은 샤논은 화를 냈지만, 사람의 말을 이해한다는 말을 듣자 조금은 흥미가 생긴 모양이었다.

"저기, 혹시 기린을 통역으로 삼으면 동물의 말을 알 수 있지 않을까? 나는 동물의 마음 정도라면 알지만, 아무리 그래도 말은 이해할 수 없으니까 흥미가 있어."

샤논이 흥분하자 주변 사람들은 어이없는 표정을 지었다.

나도 동감이다.

동감이지만—.

『—샤논. 너도 그걸 알아챈 거냐. 알아채고 만 거냐.』

유일하게 감탄하는 인물이 보옥 안에 있었다.

동물을 너무나도 사랑하는 5대다.

『또 시작됐군.』

6대의 불쾌한 목소리가 들렸다.

『라이엘. 이야기가 진행되지 않으니까 무시하고 에바의 이야기를 들으세요.』

4대의 지시를 받은 나는 에바에게 시선을 보냈다.

정신을 차린 에바가 설명을 재개했다.

"아무튼! —기린이 일부러 나올 정도니까, 이 나라에는 뭔가 있어. 그리고, 기린이 사람을 상처입히지 않는다는 건 거짓말이야."

"어, 거짓말이구나!"

샤논이 놀랐다.

아리아도 조금 눈을 크게 떴다.

"그래도 신수라면서?"

"바보네. 목숨을 노리거나 붙잡힐 것 같으면 저항하지. 강한 기린이 조금 날뛰기만 해도 큰일이 벌어져. 그리고, 화가 나면 손댈 수가 없어."

에바의 설명을 들은 소피아가 물었다.

"직접 본 건가요?"

"―하, 한 번 기린이 날아가는 모습을 봤어."

여행할 때 몇 마리의 기린이 하늘을 달려가는 모습을 봤다고 한다.

즉, 화나게 한 적이 없다.

날뛰는 모습도 본 적이 없다.

클라라가 에바의 아픈 점을 찔렀다.

"이야기를 과장하는 엘프의 정보는 신빙성이 낮네요."

"저, 정말로 위험해! 자극하면 안 된다고! 만약 정말로, 우연히도 기린이 잡히기라도 하면 동료가 도우러 와서 날뛸지도 몰라!"

소피아가 기린에 관한 정보를 떠올렸다.

"그래도, 이번에 목격된 건 한 마리뿐이라고 했잖아요?"

"어, 어딘가에 동료가 있을지도 몰라."

아리아가 의심 어린 시선을 보냈다.

"너는 이야기를 과장하니까 좀처럼 믿을 수가 없단 말이야."

자리의 분위기가 미묘해졌다.

이야기를 과장하는 엘프의 정보다.

게다가, 그 이야기를 들은 상대도 엘프라고 하니까 곤란하다.

군더더기가 붙었을 가능성이 더 많다.

진실과는 다르지 않을까?

그런 걱정이 모두에게 있었다.

그러자, 보옥 안에서 5대의 목소리가 들렸다.

『틀리지는 않았지만, 자세한 이야기는 모르는 것 같네. 라이엘, 기린이라는 건 신의 사도가 아니야. 적어도 본인들은 그런 생각은 하지 않아.』

5대의 말투는 마치 본인— 기린에게 들은 듯했다.

『한 마리뿐이라는 건 위험한데. 이제 막 독립한 걸지도 몰라. 게다가 모습을 보였다는 것도 신경이 쓰여. 정보 수집하는 겸, 기린에 관해서도 조사해봐. 다른 녀석들보다 먼저 찾아내자.』

붙잡으려는 건가? 그렇게 생각하자—

『바보 자식! 당연히 도망치게 해주려는 거지. —불쌍하잖아.』

5대가 불쌍하다고 말했다.

『이 망할 아버지.』

6대가 혀를 차며 내뱉었다.

이건 그거구나. 동물 애호가의 분위기가 나오고 있다.

이익 운운하는 이야기는 제쳐놓고, 기린을 구하고 싶은 거겠지.

3대가 이 분위기를 바꾸려는 듯이 제안했다.

『세레스 토벌에 협력해준다면 편할 텐데 말이지. 사람 말을 알아들을 만큼 똑똑하다면, 차라리 부탁해보는 것도 좋을지도. 도와주면 러키잖아.』

그 제안에 흥미를 보인 건 4대였다.

『좋군요. 안 되더라도 구해줘서 은혜를 입힐 수 있다면 최고겠어요.』

7대도 동의했다.

『거느릴 수 있다면 최고겠군요. 대체 어떤 인간을 좋아하는지 신경이 쓰입니다. 5대는 뭔가 모릅니까?』

화제를 넘기자, 5대는 평소에 꺼내지 않는 고함을 내질렀다.

『너희는 그러고도 인간이냐!』

그 말을 듣자, 평소에는 질책만 듣던 6대가 달려들었다.

『네가 할 말이냐아아아아!!』

보옥 안이 소란스러워졌기에, 나는 에바에게 양해를 구하고 복도로 나왔다.

이런 상태에서는 이야기도 나눌 수 없다.

그나저나, 기린— 5대와 인연이 있다고 들었는데, 대체 어떤 인연이 있는 걸까?

보옥 안.

5대와 싸웠다는 6대는 꽤 너덜너덜해져 있었다.

옷은 흐트러지고, 얼굴에 멍까지 생겼다.

5대에게 얻어맞은 거겠지.

『그 자식. 절대로 용서 못해.』

분노가 느껴지는 표정을 맞닥뜨린 나는 원탁의 방을 돌아봤다.

이 자리에 있는 건 6대뿐이다.

"오늘은 어쩐 일인가요?"

『이크, 그랬지. 네가 신경 쓰일 것 같아서, 내 기억을 보여주기로 했다.』

"6대의 기억이요?"

『기린에 대한 것— 그리고, 5대에 대해서다. 신경 쓰이겠지?』

신경이 쓰이지 않는다고 한다면 거짓말이다.

"그게— 네."

『그럼 가자. 그 망할 자식이 어떤 남자였는지 가르쳐주마.』

6대는 손을 내 어깨에 걸고는 그대로 기억의 방으로 들어갔다.

덩치가 큰 6대의 힘은 강해서, 반쯤 억지로 끌려가 버렸다.

그리고, 기억의 방에 펼쳐진 광경은— 굉장히 심했다.

제91화 아버지로서

『대답해! 우리보다도 그런 짐승이 중요한 거냐!』

젊은 날의 6대— 파인즈가 백발이 눈에 띄기 시작한 5대 프레더릭스에게 고함쳤다.

그러나 프레더릭스는 귀족으로는 보이지 않는 차림새로 동물들을 돌보고 있었다.

장소는— 월트 가의 저택.

뜰 일부에 울타리를 치고 동물들을 방목하고 있다. 동물을 위한 오두막까지 있다.

움직이기 쉬운 작업복 차림의 프레더릭스는 마른 풀을 쌓고 있었다.

『—너와는 상관없는 일이다.』

프레더릭스가 대답하자, 파인즈가 붙잡았다.

『상관있다고! 동생이나 여동생들은 정략결혼으로 뿔뿔이 흩어놓고, 자기 곁에 두는 건 짐승뿐이냐!』

덩치가 큰 파인즈와 몸집이 작은 프레더릭스는 승부가 되지 않을 것처럼 보였다.

그러나 프레더릭스는 체술로 간단히 파인즈를 내동댕이치고 말았다.

프레더릭스가 파인즈를 내려다봤다.

그 눈은 너무나 차가웠다.

『단련이 부족하구나. 한가하다면 훈련장에서 땀이라도 흘려라.』

프레더릭스는 그렇게 말하며 작업을 재개했고, 파인즈는 반박하지 못한 채 일어나더니 이를 악물고 동물 오두막에서 나가버렸다.

그러자 주변 경치가 잿빛으로 물들어서 움직이지 않게 되었다.

6대가 팔짱을 끼며 말했다.

『어떠냐? 열 받지?』

"이건 좀 너무하네요. 그보다, 무슨 일이 있었던 건가요?"

자세한 이야기를 묻자, 5대의 지독한 이야기가 속속 나왔다.

『라이엘. 내 형제자매가 얼마나 있는지 알고 있냐?』

"자세하게는 모르는데요."

『나까지 포함해서 36명이다.』

"─네?"

그렇게나 많았던 건가 싶어서 놀랐다.

『어머니를 포함해서, 정실 측실을 합치면 다섯 명의 아내가 있었으니까. 5대는 아무튼 자식을 많이 원했지. 그것도 정치의 도구로서 원하고 있었다.』

많은 아이들은 태어났을 때부터 어디로 갈지 정해져 있었다고 한다.

남자아이는 데릴사위가 대부분이고, 때로는 독립도 시켰다.

여자아이는 전원이 시집갔다.

그건 어쩔 수 없을지도 모르지만, 모두 정략결혼이었다.

『어, 그래도. 그게— 미레이아 씨는 달랐잖아요?』

미레이아 씨— 미란다와 샤논의 증조모는 월트 가 출신이다. 그리고 6대의 여동생이다.

미레이아 씨에 관해서는 당시의 사크라이 가 당주가 구혼했었을 거다.

『확실히 상대 남자가 미레이아와 결혼하고 싶다고 말했었지. 하지만 미란다의 친가는 궁정 귀족 자작가다. 월트 가에게 유리했던 것도 사실이지. 게다가 미레이아는 눈이 보이지 않았으니까.』

구혼이 없었다면, 조만간 적당한 가문에 시집갔을 것이다.

그렇게 말한 6대는 잿빛으로 물든 경치 속에서 동물들을 바라봤다.

"개에 고양이에 말에— 이것저것 있네요."

『저 망할 아버지는 동물에게는 물렀으니까. 가족에게도 보인 적이 없는 얼굴을 보였지. 어린 시절에는 그걸 보는 게 미웠다.』

가문을 위해 철저하게 자식들을 이용했다.

그러나, 동물에게만큼은 무른 모습을 보였다.

이렇게 듣기만 해도 너무하다고 생각할 정도니까, 당사자인 파인즈의 마음은 어느 정도였을까?

"—지금도 5대가 미우신가요?"

6대는 머리를 긁적였다.

『몰라. 나중에 이것저것 알게 된 것도 있으니까.』

6대의 표정은 복잡해 보였다.

『우리보다도 동물을 귀여워했었으니까. 어린 시절에는 질투한 적도 있지.』

"저기, 아내들은 아무 말도 하지 않았나요?"

『아무 말도 하지 않았어. 아니, 내가 아는 한 아무 말도 하지 않았을 거다.』

5대의 아내들이라면, 정실도 측실도 전부 반세임 동부 여성이다.

친가를 지원하는 대가로 시집을 왔다는 경위가 있기에, 강하게 의견을 낼 수 없었던 걸지도 모른다.

그것도 너무하기는 하지만.

『그럼, 다음으로 가자.』

6대가 고개를 들자, 주변 경치가 색을 가지기 시작했다.

동물 오두막에는 조금 변화가 있었다.

오두막에 있는 동물들이 변하고, 안에서 목소리가 들려왔다.

동물에게 말을 거는 5대의 목소리다.

굉장히 다정한 목소리였다.

『메이, 이제 괜찮은 거냐? —그래, 다행이구나.』

들여다보니, 그곳에는—.

"별난 백마네요."

『아니— 기린이다.』

하얀 비늘에, 금색 갈기를 가진 망아지가 있었다.

6대는 이걸 기린이라고 말했다.

"어, 그래도 뿔이 없는데요."

『뿔은 자유롭게 넣었다 뺄 수 있거든. 평소에는 넣어두고, 경계하고 있을 때 뿔을 꺼내지. 이 녀석은 내가 접근하면 언제나 뿔을 꺼냈어.』

목에 상처가 나서 붕대를 감은 망아지— 작은 기린은 프레더릭스에게 응석을 부리고 있었다.

뺨을 비비면서 쓰다듬어달라고 재촉한다.

조금 전 기억에서 봤던 프레더릭스보다 나이가 들었다.

그러나, 굉장히 다정한 얼굴이었다.

나도 본 적이 없는 얼굴이다.

『아버지는— 5대는 무척 둥글어졌지만, 보옥 안에서도 이런 얼굴은 보이지 않아. 정말로 자식들보다 동물이 좋은 거다.』

"그건—."

『그래, 심술이다. —잊어다오.』

5대와 6대의 관계는, 단순히 양호하다고는 말할 수는 없었다.

지금은 서로를 인정하는 관계라고 생각하지만— 뿌리 깊은 응어리도 있다.

잠시 지나자, 파인즈가 오두막으로 들어왔다.

이전보다 성장했기에, 조금 전 기억에서 몇 년이 지난 것처럼 느껴졌다.

『아버지. 왕궁에서 편지가 왔어. 월트 가에서 확보한 기린을 꼭 보고 싶다던데.』

그 말을 듣자, 기린이 프레더릭스 뒤에 숨었다.

이마에는 금색의 작은 뿔이 나왔다.

나는 6대를 바라봤다.

"굉장히 미움받고 있네요."

『어쩔 수 없지. 나나 가족은 기린을 어딘가 도구처럼 보고 있었으니까. 순수하게 귀여워했던 건 아버지 정도야.』

부나 명성— 행운의 상징인 기린에게 접근하려는 인간은 많다.

6대나 당시의 가족도 예외는 아니었겠지.

그러나 기린 아이는 프레더릭스 말고는 따르지 않았다.

『당시에는 귀족이나 상인, 그리고 여러 인간이 기린을 보여 달라며 쳐들어왔다. 아버지는 그걸 모두 돌려보냈지만.』

그러나 왕궁에서 온 이야기라면, 간단히 거절할 수는 없다.

프레더릭스가 진지한 표정을 지었다.

파인즈는 그런 프레더릭스를 보고 코웃음 쳤다.

『어차피 헌상하라고 말할 테니까, 양도할 준비라도 해두라고. 기린 한 마리로 어느 정도의 대가를 얻을 수 있을지, 벌써 기대되네.』

프레더릭스를 향한 비아냥, 그곳에는 여러 어두운 감정이 담겨있었다.

6대는 그런 젊은 자신의 모습을 보며 조금 부끄러워했다.

『이 시절은— 아직 아무것도 몰랐으니까. 아버지의 마음은 생각해보지도 않았지.』

"마음이요?"

『아버지에게도 여러 일이 있었던 거다. 하지만 나 자신도 불만은 있어. 복잡한 거다.』

6대는 마음의 정리가 되지 않았다면서 젊은 자신을 바라봤다.

『좀 더 빨리 가르쳐줬다면 어땠을까.』

6대의 그런 말을 계기로, 주변 경치가 또 미묘하게 변했다.

동물 오두막에서의 세 번째 기억이다.

세 번째는, 두 번째에서 그리 시간이 지나지 않은 것처럼 보였다.

그리고, 기린이 있던 곳에는 아무것도 없었다.

프레더릭스가 오두막을 청소하고 있었기 때문이다.

그리고 파인즈가 고함쳤다.

『―기린을 풀어줬구나!』

프레더릭스는 청소를 멈추고는 파인즈를 돌아봤다.

『그게 어쨌다는 거냐? 왕궁에는 내가 변명해두마. 무슨 일이 생기면 내 책임이다. 그러면 되겠지.』

『그렇게까지 해가면서 지키는 거냐? 가문을 제일로 생각하던 네가― 짐승을 위해서 가문의 손해를 보는 일도 태연히 하는 거냐? 너는 가장 실격― 아니, 아버지 실격이야.』

파인즈의 말을 들은 프레더릭스가 미소를 지었다.

동물에게 보이는 다정한 미소가 아니라, 어딘가 그림자가 있는 무서운 미소다.

『이제야 알아챈 거냐?』

파인즈는 덤벼들었지만, 이번에도 프레더릭스에게 간단히 당해버렸다.

6대가 약해 보이지는 않는다.

5대가 강한 거겠지.

"5대는 강하네요."

『응? 아, 그렇지. 어머니에게 이것저것 배운 모양이니까. 강해지려고 필사적이었던 시기도 있다고 들었어. 나도 진지하게 단련하게 된 건 이 일 이후다. 지금 붙으면 내가 이겨.』

주변의 경치가 바람에 휩쓸리듯이 사라졌고, 어느새 원탁의 방으로 돌아왔다.

6대가 내 앞에 섰다.

『자, 이게 내 기억이다. 어때? 심한 남자지?』

6대도 심했지만, 확실히 5대도 심했다.

조금 더 뭐랄까— 가족에게 다정함을 보여줘도 된다고 생각한다.

『5대가 기린을 잘 아는 것도, 친가에서 돌봐줬기 때문이야. 신경을 쓰는 것도— 옛날에 돌봐주던 그 녀석을 겹쳐보고 있는 거겠지.』

프레더릭스는 기린에게 이름을 붙여줬다.

확실히— 【메이】였던가?

굉장히 귀여워했다.

6대는 내 머리를 쓰다듬었다.

머리가 흐트러졌고, 힘이 세서 조금 아팠다.

"뭐, 뭔가요?"

『그냥 해봤다. 너는 5대처럼 되지 마라. 그리고, 무리라고 생각하지만 나처럼 되지도 마라. 아내와— 모두와 사이좋게 지내는 게 좋아.』

"아니, 갑자기 뭔가요?"

『그러니까, 그냥 하는 말이라고.』

"저는 6대처럼은 안 되거든요!"

『거짓말하지 마! 이미 여자를 그렇게나 끼고 있잖냐! 나도 세 명이었는데, 너는 인원만이라면 나를 뛰어넘었다고!』

웃으면서 내 머리를 쓰다듬는 6대에게서 도망치듯이 의식을 보옥에서 현실로 되돌렸다.

눈을 뜨자 아직 어두웠다.

여관 침대에서 눈을 뜨고, 한동안 그대로 시간을 보냈다.

아직 아침과 저녁은 춥다.

한 방에 침대를 최대한 밀어 넣은 듯한 방에는 파티 전원이 자고 있다.

여성과 같은 방에서 숙박하고 있지만, 남자가 한 명이라는 건 참 거북하다.

"덤프카에서 생활하는 데미언이 부럽네."

쌀쌀한 정도지만, 잠에 취한 머리로는 모포에서 나가는 게 괴롭다.

이대로 다시 자고 싶었지만, 그럴 수도 없다.

오늘도 정보 수집이다.

라우칸 왕국이 호경기가 된 이유를 찾아내면서, 기린에 관해서도 조사해봐야만 한다.

그렇게 생각하고 있는데, 머리맡에 놓아둔 보옥에서 목소리가 들려왔다.

5대다.

『라이엘. 언제까지 잠에 취해 있을 거야? 당장 일어나서 준비해. 기린에 관해 조사해봐야 하니까.』

다들 자고 있지만, 준비를 시작하면 선 채로 잠든 모니카가 눈을 뜰 거다.

바깥은 아직 어둡지만, 조금 지나면 태양도 고개를 내밀겠지.

하품을 하자, 4대와 5대가 이야기를 나누는 게 들려왔다.

『라우칸 왕국을 조사하는 게 먼저 아닐까요?』

『어차피 던전을 숨기고 있겠지. 기린이 온 게 증거야. 그러니까 기린을 우선하면 돼.』

『던전의 보물을 손에 넣는다는 이야기를 잊고 있지 않습니까?』

『애초에 던전이 하나 있는 정도라면 기린이 일부러 나오지도 않아. 위험한 던전이 있거나, 아니면 던전의 숫자가 많거나─기린을 추적하면 던전에도 도달할 수 있어.』

그 이야기를 정리한 건 3대다.

『그럼 숨겨진 던전을 찾는 게 좋지 않을까? 그쪽이 기린을 만나기도 쉽다고 생각하는데?』

5대는 불만스러워 보였다.

『그것도 괜찮겠지.』

그렇게 말하고는 침묵해버렸다.

6대가 혀를 차는 소리가 들린다. 아침부터 떠들썩하다.

"—오늘도 하루 노력해볼까."

움직이자, 바로 모니카가 눈을 떴다.

붉은 눈동자가 어두운 방에서 빛나서 조금 무섭다.

"좋은 아침이네요, 치킨 자식! 바로 아침 준비를 시작할게요. 이크, 일과인 아침 키스가 아직이었네요. 자, 모니카와 키스하죠!"

"그런 일과는 없어."

"오늘부터 시작하면 된다고요. 첫 한 걸음을 오늘부터 시작하기 위해, 모니카와 키스하죠!"

"싫어."

"아침부터 텐션이 낮네요. 모니카 같은 미소녀가 들이대면 사춘기 남자는 좀 더 두근두근해도 이상하지 않은데요."

큰 소리로 농담을 늘어놓는 모니카는 아침부터 하이텐션이었다.

에바가 그 목소리를 듣고 벌떡 일어나서 목을 움직이며 주변을 돌아봤다.

눈은 반쯤 뜨고 있고, 머리는 심하게 뻗쳤다.

막 일어나서 기분이 저기압인 모양이다.

"—시끄럽네. 조용히 해."

그대로 모포를 머리부터 뒤집어쓰고 다시 잠든 에바를 위해서 작은 목소리로 말했다.

"혼났잖아. 너 때문이야, 모니카."

"치킨 자식 이외의 어중이떠중이에게는 관심이 없으니까, 이것도 어쩔 수 없죠. 그보다도 아침 식사는 어떻게 할까요?"

이 여관은 은근히 비싼 요금을 받으면서도 서비스가 나빴다.

온수는 준비해주지만, 식사는 안 나온다.

"만들 데도 없으니까, 어디 나가서 먹자고."

꾸물꾸물 침대 위에서 움직이는 동료가 몇 명.

슬슬 다들 일어날 무렵이다.

"서비스가 나쁜 여관이네요. 그건 그렇고, 치킨 자식의 오늘 예정은 뭔가요?"

나는 침대에서 나와서 기지개를 켜며 답했다.

"정보 수집이야."

─라우칸 왕국의 모험가 길드.

그곳에 탐문을 하러 온 아리아와 소피아는 타지에서 왔다는 남자와 이야기를 나누고 있었다.

"기린? 흥미 없어."

인사 대신 기린 이야기를 물었는데, 남자는 흥미가 없어 보였다.

"어째서? 보수는 파격적이라고 들었는데."

아리아가 남자에게 물었다.

"이런 이야기는 옛날부터 어두운 소문이 끊이지 않으니까. 실제로 기린을 사로잡아서 헌상했다고 치자고. 귀족들은 사로잡아온 인간을 죽여버리면 목적은 달성하면서 보수도 내지 않을 수 있어. 좋은 일밖에 없지."

소피아가 당혹스러워했다.

"너무 안 좋게 생각하는 게 아닐까요?"

"이 정도로 신중한 편이 오래 살아남으니까. 다른 녀석들이 기린에 정신이 팔린 사이, 나는 착실하게 벌도록 하겠어."

아리아와 소피아는 얼굴을 마주 보고는 서로 끄덕이면서 본론에 들어갔다.

"저기, 그보다도 숨겨진 던전의 소문을 들어본 적 없어?"

"유명하더라고요. 라우칸의 숨겨진 던전. 뭔가 알고 있으신가요?"

아리아가 금화를 내밀자, 남자는 주변에 들키지 않게 받았다.

남자는 시선만 주변을 돌아보면서 경계하며 답했다.

"—너무 냄새 맡고 돌아다니지 않는 게 좋아. 소문 정도라면 돌고 있지만, 나는 그걸 조사하던 녀석이 사라져버린 걸 알고 있어. 있느냐 없느냐 묻는다면, 있다고 생각하긴 하지만."

남자는 라우칸 왕국에 와서 알아챈 것을 가르쳐주었다.

최근에 마물이 늘어난 지역이 많다는 것.

던전이 하나가 아닐지도 모른다는 소문이 있다는 것.

소문 정도의 이야기가 끝난 뒤.

"나는 어느 정도 벌면 동료와 함께 베임으로 갈 거야. 그리 오래 있고 싶은 곳은 아니니까. 소문이 사실이라면, 던전이 폭주할지도 몰라. 너희도 조심하라고."

남자는 그렇게 말하며 두 사람에게서 떨어졌다—.

—술집.

미란다는 영업시간이 아닌데도 불구하고 가게로 들어와 마스터와 이야기를 나누고 있었다.

카운터석에 앉아서 음료를 마시고 있다.

테이블석에는 의자가 놓였고, 점원이 바닥 청소를 하고 있다.

젊은 점원이 미란다를 힐끔힐끔 쳐다보자 마스터가 주의를 줬다.

"바닥 청소는 나중에 해도 돼. 바깥 청소를 하고 있어."

"네, 넵."

어딘가 미덥지 못한 점원은 길게 뻗은 부스스한 머리로 눈가를 가리고 있다.

황급히 가게를 나가다가 발을 헛디뎠는지 바깥에서 넘어졌다.

마스터가 한숨을 내쉬었다.

"최근 고용했는데, 쓸만한 건지 쓸모없는 건지 모를 녀석이란 말이지."

중년의 마스터는 수염을 기르고 배가 굉장히 컸다.

걷은 셔츠 소매에서는 두꺼운 팔이 보인다.

미란다는 이야기를 재개했다.

"이 나라는 경기가 좋은 모양이네."

"—10년 전쯤인가. 외부인이 오게 되어서 어디나 사람이 넘쳐나서 싫단 말이지. 가게도 단골이 줄고, 부랑배 같은 모험가가 오게 되어서 민폐야."

아무래도 마스터는 지금 상황을 좋게 보지 않는 모양이다.

미란다는 맞장구를 치면서 자세한 이야기를 들어보려 했다.

"그건 곤란하겠네. 그 밖에도 무슨 일 있었어?"

"물가가 올라가기도 하고 이것저것 있었지만, 제일 큰 건 수상한 소문이 많아졌다는 거겠지."

"소문? 기린 이야기?"

"행운을 불러오는 생물 이야기가 아니야. 국가연합이라고 알고 있나? 이 주변 국가들을 모아서 만든 연합인데, 맹주가 없거든. 아무튼 말이야 연합이지, 국가가 모여있을 뿐이고 아무것도 정해지지를 않고 있어."

모인 나라를 규합할 만한 힘을 가진 나라가 없다.

마스터는 이웃 나라가 대국 반세임이 아니었다면 국가연합 같은 건 진작 해산됐을 거라며 투덜댔다.

"반세임과의 충돌도 있고, 국가연합 안에서도 작은 분쟁이 많아. 뭐, 이런 상태의 나라는 어디나 똑같긴 하지만. 베임에서 온 상인도 말하더라고. 그 주변에도 소국이 모인 국가연합이 있다더군. ―거기도 전쟁밖에 안 한다고 들었어."

미란다는 유감스럽게 말했다.

"싫은 이야기네. 그래서?"

"폐하는 그 맹주가 되겠다고 나선 거다. 덕분에 이번 전쟁은 사소한 분쟁으로는 끝나지 않는다는 소문이 돌고 있어."

맹주가 되겠다고 나선 라우칸의 국왕.

그걸 인정하지 않는 주변국.

확실히 문제다.

마스터는 미란다에게 말했다.

"너도 던전을 찾으러 온 모험가겠지?"

"알 수 있어?"

"그런 녀석들밖에 없으니까."

"있다고 정해진 건 아니잖아?"

"없는 게 더 이상하지. 덕분에 주변 나라들도 초조해하고 있다는 소문도 도니까. 던전을 숨기고 있다가 폭주하는 게 아닐까, 하고 말이지. 경기는 좋지만, 언제 마물이 나올지 모르는 곳에 사는 건 불안하다고."

마스터의 본심을 들은 미란다도 깊이 들어간 이야기를 건넸다.

"기린은 던전을 토벌한다잖아. 그 기린이 왔으니까, 던전을 쓰러뜨려 줄 거야."

"절대적인 건 아니잖아. 그게 아니라면, 지금까지 던전의 폭주로 멸망한 나라가 있는 게 이상하지. 차라리 깔끔하게 정리해줬으면 좋겠어."

"뭔가 몰라? 던전이 있을 법한 곳이라든가?"

"—마물이 늘어난 지역은 수상하다고 하지만, 최근에는 어디나 마물로 가득하니까. 하지만 어제 손님이 남쪽은 마물이 줄었다고 그러더군. 기린이 나온 건 그쪽일지도 몰라."

그걸 들은 미란다는 남쪽 이외라면 가능성이 있다고 생각했다.

"고마워. 이만 갈게."

정보료를 놓자, 마스터는 그걸 받고 살짝 미소를 지었다.

"마지막으로 하나만 가르쳐주지. 던전을 관리하는 건 기사나 병사들이다. 빚이 있는 녀석이라면 간단히 떠들지도 몰라."

그렇게 말하며 기사나 병사들이 이용하는 술집을 가르쳐줬다.

분명 던전의 정보를 원하는 손님을 상대로 정보를 팔고 용돈을 벌고 있는 것이리라.

그러나 미란다는 그걸 순순히 믿지 않았다.

입으로만 감사를 표하고 가게를 나왔다.

"자, 그럼. 과연 믿을 수 있을까—."

가게를 나오고 나서 미행이 붙은 걸 느꼈다.

그래서 한동안 걷다가 건물 사이에 있는 좁은 길로 들어갔다.

뒷골목의 막다른 길로 와서, 몸을 돌렸다.

"점원 씨. 슬슬 나와주지 않겠어?"

미란다가 인적이 없는 곳에서 말을 꺼내자, 술집 점원이 쑥스러운 듯 머리를 긁적이며 모습을 드러냈다.

"눈치채고 있었나요?"

변함없이 앞머리로 눈을 가리고 있지만, 웃고 있다.

무기는 들지 않았다.

그러나 미란다는 망설이지 않고 무기를 뽑았다.

그러자, 남자는 양손을 가슴 앞에 들고 허둥대기 시작했다.

"스톱이에요, 누님! 저는 당신에게 위해를 가할 생각은 없다고요."

"—이상한 움직임을 보이면 죽일 거야."

남자는 경계를 풀지 않는 미란다에게 정체를 밝혔다.

"아까 들었죠? 주변 나라들이 라우칸을 민폐라고 생각한다고. 저는 이른바 밀정 같은 셈이죠."

남자는 그렇게 말하며 미란다에게 충고했다.

"그 마스터는 던전의 정보를 파는 것처럼 보일 뿐이에요. 기사나 병사들에게 당신을 팔아치울 속셈이죠. 뒤에서 연결되어 있다고요."

"있을 법하네. 하지만 당신이 사실을 말하는 건지는 알 수 없어."

"이쪽도 실력이 있어 보이는 사람을 기다리고 있었단 말이죠. 지금은 고향의 위기니까요. 던전을 폭주하게 둘 수는 없다고요."

미란다는 잠시 고민하다가 남자에게 말했다.

"우리의 리더를 만나게 해줄게. 거기서 판단하자."

남자는 조금 당혹스러워했다.

의심할 줄 알았는데 바로 믿어버려서 어안이 벙벙해진 모양이다.

미란다는 노골적으로 왼손을 앞으로 내밀고는, 남자를 향해 뭔가 던졌다.

"이크."

그건 평범한 돌이었지만, 남자는 그걸 받기 위해 미란다에게서 순간 시선을 떼어났다.

미란다는 그대로 손에서 실을 꺼내서 건물 지붕으로 올라갔다.

남자가 시선을 돌렸을 때, 이미 그곳에 미란다의 모습은 없었다.

"마중 나갈게. —도망쳐도 소용없어."

남겨진 남자는, 미란다가 순식간에 모습을 감춘 걸 보고 식은땀을 흘렸다—.

밤.

미란다와 함께 만나러 간 남자는 우리에게 적의를 보이지 않았다.

그러나 경계하고 있는지, 6대의 아츠에는 노란색— 아군도 적도 아닌 색으로 표시되어 있다.

샤논의 마안으로 봐도 남자가 우리에게 위해를 가할 생각은 없다고 한다.

그것만 확인하고 나서, 사람 눈을 신경 쓰지 않고 이야기할 수 있는 여관방으로 불렀다.

나와 마주 앉은 남자는 안절부절못하는 모습이었다.

보옥 안에서는—.

『미란다 녀석, 터무니없군. 어떻게 이런 녀석을 찾은 거지?』

7대는 의아해하고 있었다.

『이것도 평소의 행실 덕분이겠지. 아무튼 미란다는 미레이아의 증손녀니까!』

미란다를 좋아하는 6대는 공적을 세웠다며 칭찬했다.

나는 남자를 보며 말했다.

"이야기를 들어볼까요."

"그래, 알았어."

남자는 당혹스러워 보였지만, 이야기를 시작하자 분위기를 다잡았다.

"먼저 확인하고 싶어. 당신들의 목적은 던전 토벌이 틀림없겠지?"

수긍하자, 남자는 안도하며 말을 이었다.

"그건 다행이네. 서로 협력할 수 있겠어. 먼저, 우리가 파악한 대략적인 위치를 알려주겠어. 단지, 가능하면 던전 토벌은 모든 던전의 정확한 위치를 조사하고 나서 했으면 좋겠어."

"역시 다수가 있는 건가요?"

"있어. 조사한 바로는 틀림없어. 기사나 병사들이 자주 교체되는 곳도 조사했지. 하지만 자세한 위치는 알 수 없었어."

우리의 대화에 끼어든 건 소피아였다.

아무래도 경박하고 미덥지 못해 보이는 남자가 의심스러운지, 목소리가 딱딱하다.

"스스로는 조사하지 않은 건가요?"

"그게 가능했다면 고생하지 않아. 던전은 이 나라의 기사나 병사들이 감시하고 있어. 나 같은 다른 나라 사람이 발견한다면 큰 문제야. 하지만, 지금은 상황이 좋지."

아리아가 눈치챈 모양이다.

"기린 말이야?"

"그래! 기린에 인원을 할애하고 있으니까 경비가 느슨해졌을 거야. 실제로 돌아온 기사나 병사의 숫자가 많으니까."

이 사람, 미덥지 못해 보이면서도 의외로 자세히 조사한 것 같다.

나는 남자를 향해 물었다.

"그렇다면 스스로 조사하는 게 낫지 않았나요?"

"도시에서 정보를 모으는 것과 야산을 돌아다니는 건 달라. 그쪽도 담당이 있었는데, 들켜버렸거든. 솔직히 아직도 믿을 수 없어. 그 사람이 패하다니."

남자의 말로는, 던전은 인적이 드문 곳에 있는 모양이다.

그곳을 찾은 인물은 꽤 우수했다고 한다.

그런 인물도 들켰다. 그렇다면 라우칸 왕국에는 실력자가 있는 걸까?

"덕분에 이쪽도 인원 부족이어서. 잠입해서 조사할 수가 없어. 그러니까 너희에게 협력을 요청하는 거야."

클라라가 대화에 끼어들었다.

"—10년이나 지금 상황을 유지하고 있다고 생각하면, 노하우는 확립되어 있지 않을까요? 이제 와서 폭주할 가능성은 낮지 않을까요?"

남자는 그 질문에 이렇게 답했다.

"하나의 던전만 관리한다면, 말이지. 하지만 이 나라의 상황을 고려하면, 갑자기 나온 던전 하나로는 이렇게까지 되지 않아. 반드시 다수가 존재하고 있고, 그런 정보를 얻었어. 위험하다고 생각하지 않아?"

성공했다고 생각해서 차례차례 손을 대고 만 거겠지.

이건 확실히 위험한 상태다.

단 하나의 던전을 관리하는 것도 힘들다고 들었다.

그걸 차례차례 손대버리면— 주변 나라들도 가만히 있을 수가 없겠지.

그러나 여기서 6대가 웃었다.

『라이엘. 이 녀석들의 본심은 따로 있다. 라우칸 왕국이 맹주가 되는 건 용납할 수 없는 거다. 그래서 발언력의 근원인 던전을 없애버리려고 하는 거지. 폭주 운운하는 이야기는 구실이야. 라우칸이 떼돈을 벌어들이는 게 마음에 안 드는 거다. 겸사겸사 마음 편히 잠들기 위해 던전이 사라지길 바라는 거겠지.』

그렇다면 좀 너무하네.

라우칸 왕국을 동정하고 싶어진다.

『하지만, 우리에게도 유리한 이야기니까 토벌하자.』

평소 그대로인 3대에게 어이가 없어지자, 불만스러운 목소리로 덧붙였다.

『세레스를 쓰러뜨리기 위해 필요한 자금 모으기잖아. 라이엘, 번듯한 일만 할 수는 없어. 게다가, 라우칸 왕국이 제대로 노하우를 가지고 있는지도 미심쩍으니까. 실제로 어떤지 자기 눈으로 확인하지 않으면 판단할 수 없어.』

샤논이 남자를 바라봤다.

눈을 반쯤 뜨고, 수상한 인물을 보는 눈이다.

"왜 그래?"

"이 사람. 뭔가 숨기고 있어."

그걸 듣자마자 미란다가 나이프를 뽑았다.

아리아도 단검을 뽑았고, 소피아는 도끼를 들고 입구를 막았다.

남자는 다급히 일어났다.

"자, 잠깐! 숨기는 건 없다고!"

나는 손을 들어서 전원에게 무기를 넣으라고 지시하고는, 남자와의 이야기를 재개했다.

"가진 정보를 가르쳐주실 수 있을까요? 던전의 위치는 이쪽에서 찾겠어요."

"이야~, 말이 통하는 리더라서 다행이네."

남자에게 들은 정보를 의지하여, 내일부터 던전을 탐사하기로 결정했다.

남자가 돌아가자, 노웸이 내게 말을 걸었다.

"라이엘 님. 조금 전 남성에 관해서 드릴 말씀이 있어요."

장소는 여관 복도.

주변에 사람이 없는지를 확인하고 말을 걸어온 모양이다.

"뭔가 숨기고 있다는 말이지? 던전을 토벌하기를 바라는 건, 라우칸이 맹주가 되는 걸 원하지 않기 때문이야. 그걸 위해 경제력의 원천을 없애고 싶은 거겠지."

역대 당주들의 말에 따른다면, 다른 나라의 사정인 거다.

"알고 계셨나요."

어딘가 기뻐 보이는 노웸의 표정을 보니 조금 켕기는 느낌이 들었다.

알아챈 건 역대 당주들이니까.

노웸이 표정을 진지하게 고쳤다.

"각자 사정이 있어요. 그래도 라이엘 님은 던전을 토벌하실 생각인가요?"

노웸이 하고 싶은 말은, 라우칸의 사정을 무시하고 던전을 토벌하느냐는 물음이다.

우리나 주변의 사정으로 라우칸에 손해를 입히게 되니까.

"—그래도 하겠어."

어이없어하거나, 아니면 유감스러워할 줄 알았는데—.

"그 각오, 저는 기쁘게 생각해요."

노웸은 내게 찬성했다.

제92화 던전을 찾자

남자에게 받은 정보는 세 가지다.

첫 번째, 라우칸 남방에 있는 던전이 기린에게 토벌당한 건 사실.

두 번째, 남부에 있는 던전은 최근 생겼다는 것.

세 번째— 제일 커다란 던전은 북부에 있다는 것이다.

북부에 펼쳐진 숲은 안으로 들어가면 그대로 산이 나온다.

그런 곳에 포터를 가지고 갈 수는 없으니, 던전을 찾는다면 대인원으로 이동하는 것보다도—

"왜 이 멤버인 거야. 나는 노웸과 같이 오는 게 좋았는데."

에바는 뺨을 부풀리며 미란다를 바라봤다.

반면, 미란다는 아랑곳하지 않고 있다.

"인선은 문제없다고 생각하는데?"

그런 두 사람을 어이없는 시선으로 바라보는 건, 아리아였다.

"너희, 똑바로 해. 그보다도, 다른 사람들은 남아도 괜찮아?"

숲을 눈앞에 두고 아리아가 확인해오자, 나는 이 멤버를 고른 이유를 설명했다.

"샤논은 따라올 수 없고, 클라라는 새로운 의수가 완성되지 않았으니까. 두 사람을 남겨둔다면, 호위도 필요해."

미란다는 납득해줬다.

"이 멤버라면 이동 속도도 확보할 수 있겠네. 소피아는 어울리지 않으니까, 모니카와 함께 남아주면 안심이야."

"잠깐, 왜 노엘을 생략한 거야?"

에바가 미란다에게 트집을 잡았다.

"어머, 미안하네. 잊고 있었어."

아무래도 에바는 미란다가 마음에 안 드는 모양이다.

그러나 미란다의 견해는 잘못되지 않았다.

소피아는 숲에서 활동하기에는 어울리지 않는다.

차림새도 그렇지만, 그녀의 무기는 배틀 액스라는 커다란 도끼다.

휘두를 때 나무가 방해된다. 그렇다면 남는 게 안심이다.

아리아는 단창이라는 짧은 창으로 바꿔 들었기에 숲속에서도 문제없이 싸울 수 있다.

에바는 엘프.

숲에서 자랐기에, 이번에는 의지하기로 했다.

미란다는— 만능형이라 어떤 상황에서도 싸울 수 있다.

게다가 이번에는 전투가 메인이 아니다.

나를 포함한 이 네 명이 최적이라고 판단했다.

—판단했는데.

"나, 네가 싫어."

"그래? 유감이네. 하지만 나는 싫지 않아."

에바가 고개를 홱 돌려버린 반면, 미란다는 태연한 표정이다.

그 두 사람을 본 아리아가 불안한 듯 중얼거렸다.

"저기, 이 멤버로 괜찮을까?"

"괜찮다고— 생각하고 싶어."

내 말을 들은 아리아는 머리를 움켜쥐었다.

—남은 멤버는 데미언의 덤프카를 찾아갔다.

덤프카 주변에는 인파가 생겼다.

신기한 탈것이라고 들어서 한 번 보려고 사람이 찾아오고 있다.

개중에는 팔아달라고 하는 상인도 있었지만, 조종할 수 없다는 걸 알자 어깨를 떨구며 돌아갔다.

그런 덤프카 짐칸에서는, 모니카가—.

"정리가 안 되어있네요. 저라면 여기는 이렇게 하겠어요. 아~아, 사실은 치킨 자식을 모시고 싶었는데, 어째서 제가 대기하게 된 걸까요. 의욕이 안 나오네~."

데미언의 오토마톤인 릴리를 돕고 있었다.

짐을 정리하고 있지만, 서로 사이가 좋지 않아서 금방 싸움이 벌어진다.

"이 고물딱지! 그건 주인님을 위해 최적으로 배치해둔 거예요. 멋대로 움직이지 말아줬으면 좋겠네요. 그리고, 성실하게 하세요!"

서로 말다툼을 벌이면서 정리하고 있다.

그런 가운데, 클라라는 새로운 의수를 조정하고 있었다.

데미언은 릴리가 준비해준 음료수를 입에 가져갔다.

설탕이 이보다 더할 수 없을 만큼 들어간 홍차다.

"어때?"

클라라는 아직 완성되지 않은 의수에 만족했다.

"예전 것보다 움직임이 부드럽네요. 감동했어요."

클라라는 표정이 거의 변하지 않지만, 그래도 기뻐 보였다. 그걸 옆에서 본 샤논이 말했다.

"뭔가 수수하네. 아, 맞다! 무기를 달자!"

샤논이 발상이 번뜩였다는 듯 말하자, 클라라는 쓴웃음을 지었다.

"너무 기믹이 많으면 조정하기 힘들어요. 예전 같은 의수로도 저는 만족—."

그런 샤논의 발상에 데미언이 반응했다.

"무기라. 좋네. 어떤 무기로 할까?"

"숨겨진 무기가 좋겠어. 이렇게, 날아가는 거야. 그것 말고는 대포라든가?"

클라라는 곤혹스러워했다.

"기믹이 늘어나면 귀찮아요. 매일 점검하는 것도 힘들고, 무엇보다 대포 같은 건 반동 때문에 의수가 벗겨져요."

클라라는 자신의 의수에 그런 걸 달고 싶지는 않다며 항의했다.

그러나 데미언은—.

"대포— 멋지군!"

"그렇지! 이걸로 클라라도 강해질 거야. 해냈네, 클라라!"

데미언과 샤논이 눈을 반짝였다.

데미언은 몰라도, 샤논의 순수한 선의에는 클라라도 당혹할 수밖에 없었다.

"저, 저기, 심플한 게 오히려 근사하기도 하고, 너무 공들인 물건은 망가지면 수리하기 힘든데요."

데미언도 현실적인 생각을 했다.

"확실히, 이 의수의 사이즈에 이것저것 채워 넣으면 균형이 무너지겠어."

유감스러워하는 데미언을 본 샤논이 다시 번뜩였다.

"그럼 의수를 크게 만들면 되잖아!"

"그렇군!"

의기투합한 두 사람을 바라보면서, 클라라는 머리를 감싸 쥐었다.

"부, 부탁이니까 평범한 의수로 해주세요."

데미언은 책상 위를 손으로 치워서 공간을 만들더니 종이를 놓고 도면을 그렸다.

"응. 왠지 재미있어졌어. 좋~아, 새로운 의수를 만들자!"

"오!"

데미언이 의욕을 냈고, 샤논이 주먹을 크게 들었다.

클라라는 그걸 보니 불안해졌다.

모니카는 관심이 없어 보였다.

릴리는 묵묵히 책상 주변에 흩어진 것들을 정리했다—.

숲에 들어온 우리는 눈에 띄지 않게 로브를 입고 이동했다.

에바가 앞을 나아가고, 그 뒤를 우리 세 명이 따라간다.

자주 휴식을 취하면서 던전을 수색했다.

"역시 엘프는 굉장하네. 길이 없는 곳도 태연하게 나아가니까."

아리아가 감탄했다.

에바가 나아가는 길을 따라가며 걷는다.

방해되는 나뭇가지는 에바가 나대를 써서 잘라내고 있다.

그 모습을 본 미란다가 물었다.

"그거, 너무 지나치면 사람이 들어왔다고 알려주지 않을까?"

질문을 받은 에바는 불쾌한 듯 대답했다.

"이걸로 우리를 발견할 수 있는 녀석은, 발자국이 보이면 그 것만으로도 눈치채. 라이엘도 있고, 장소를 확인하고 돌아올 뿐이라면 이러는 게 빨라."

들켜도 되니까 속도를 중시한다는 거다.

미란다가 납득한 듯 사과했다.

"그렇구나. 방해해서 미안해."

아리아가 놀랐다.

"미란다가 사과했어."

"나를 뭐라고 생각하는 거야? 미안하다고 생각하면 사과 해. 게다가, 물어본 것도 단순한 의문이야. 다른 뜻은 없어."

멈춰서 각각 휴식을 취했다.

주변을 돌아본 나는 아츠를 사용했다.

지면에 손을 대자, 주변 지형이 머릿속에 입체적인 지도가 되었다. 지면에 손을 대는 것 자체는 의미가 없다. 그냥 기분이다.

사람의 기척을 멀리서 느꼈다. 소수가 순회를 도는 모양이다.

"—가깝네."

내가 그렇게 말하자, 에바는 나무에 올라서 주변을 돌아봤다. 그리고 바로 내려왔다.

"저쪽이야."

판단이 빠르다. 아리아가 물었다.

"어떻게 알아챈 거야?"

"숲속이잖아. 숨으려고 해도 많은 인원이 오래 머물면 불도 쓰게 돼. 게다가 한 곳만 나무가 적어. 방해되는 나무를 자른 거야."

에바를 데리고 와서 정답이었다.

"쉬고 나서 확인하러 가보자."

우선은 하나.

목소리를 죽이고 접근한 곳에는— 던전이 있었다.

커다란 나무 두 그루가 입구처럼 늘어섰고, 그 너머는 뿌옇게 보인다.

아츠로 확인하자, 내부의 상태는 노이즈가 낀 것 같아서 잘 알 수 없다.

이건 던전을 보려고 했을 때의 일반적인 반응이다.

자세히 조사하려면 안으로 들어갈 수밖에 없다.

주변에는 많은 기사나 병사들이 텐트를 치고 야영하고 있다.

물자가 쌓여있고, 술을 마시는 기사들도 있다.

우리 네 명은 얼굴을 마주 보고 고개를 끄덕였다.

그대로 천천히 그 자리를 나와서, 충분한 거리를 벌리고 나서 입을 열었다.

"두 번째네."

직접 그린 지도에 표식을 찍고 땀을 닦았다.

두 번째를 찾아낸 것도 에바다.

사람이 많이 지나간 흔적을 발견해서 그곳을 따라갔다.

아리아는 피곤한 표정을 보였다.

"이렇게 찾으며 돌아다니니까 꽤 넓네. 숲에만 몇 개가 있는 걸까? 애초에 왜 이렇게 던전이 많은 거야?"

에바가 그 의문에 대답했다.

"몰라. 하지만 이상하네."

그보다도 신경 쓰이는 게 있는 모양이다.

미란다도 똑같았다.

"그 남자가 말했었는데, 우리와 마찬가지로 던전을 찾으러 다니던 사람이 있었다면서? 듣기로는 실력자 같았는데, 그런 사람이 어째서 들킨 걸까?"

기사나 병사들은 솔직히 말해서 파수꾼으로는 쓸모가 없었다.

그렇다면, 그 남자의 평가가 잘못된 건가?

아니면 우리가 굉장한 건가— 이건 아니겠지.

에바는 몰라도, 다른 일행은 문외한보다 조금 나은 수준이다.

아리아가 낙관적인 의견을 입에 담았다.

"다른 곳으로 갔다거나? 아니면 기린 건으로 바쁜 게 아닐까?"

충분히 있을 법하다.

그래서 그 남자도 이 타이밍을 노린 거겠지.

억지로 우리와 접촉한 것도, 기회라고 느껴서 서둘렀기 때문인가?

고민에 잠긴 사이— 머릿속에 떠오른 지도에 노란 광점이 다수 나타났다.

우리가 지나온 길을 더듬으면서 쫓아오고 있다.

이동 속도가 빠르고, 무엇보다— 노란색에서 붉은색으로 점멸하기 시작했다.

고개를 들자, 세 사람의 시선이 내게 모였다.

"들켰어. 쫓기고 있어."

곧바로 이동을 시작했지만, 추적자는 우리보다 빠르다.

서서히 거리가 줄어들었다.

—라이엘 일행을 쫓는 건 4인조 엘프였다.

얼굴은 천을 감아서 숨기고, 숲에 녹아드는 색상의 옷을 입었다.

리더로 보이는 남자가 나뭇가지에서 뛰어내려 발자국을 확인했다.

"—네 명이다. 발자국이 작아. 여자도 있군. 아니, 여자가 더 많아."

부하들도 그 자리에 모였고, 한 명이 눈치챘다.

"한 명은 숲에 굉장히 익숙하군요. 동족일지도 모릅니다."

같은 엘프.

그러나 리더는 신경 쓰지 않았다.

"이 루트라면 숨겨진 던전을 알고 있을 거다. 발견하는 대로 죽인다."

동족에게도 인정사정없었다.

그리고, 리더는 한 명을 바라봤다.

"너는 가까운 던전으로 가서 이 일을 알려라. 그 후에는 왕궁에 보고다."

"네."

한 명은 그대로 달려서 세 명과 이탈했다.

그 모습은 순식간에 보이지 않게 되었다.

리더가 말했다.

"사냥 시간이다. 이번 사냥감은 성가셔 보인다. 긴장하고 가자."

세 사람은 질주했다.

숲속을 전력으로, 아무런 장해물도 없다는 듯이 달렸다—.

나는 도망치면서 뒤를 돌아봤다.

"쫓아오고 있네."

미란다가 내게 물었다.

"어쩔 거야? 함정이라면 얼마든지 준비할 수 있어."

에바는 미란다의 의견에 부정적이었다.

"시간이 없어. 단시간에 준비할 수 있는 수준의 함정에 걸릴 것 같지도 않아. 혹시 쫓아오는 건 엘프 아닐까?"

엘프는 숲을 특기로 삼는다.

가능성은 있겠지.

아리아가 나를 봤다.

"라이엘, 그거 쓰자! 상대의 스피드를 느리게 하는 거!"

보옥 안의 4대가 말했다.

『업다운 말입니까? 그건 상대를 눈으로 보지 않으면 발동하지 않는단 말이죠.』

자신의 스피드를 올리면서 상대의 스피드는 내린다.

4대의 아츠는 그런 특징을 가졌지만, 상대를 눈으로 봐야만 한다.

"쓸 수 있는 거리라면, 상대에게 얼굴을 들킬 거야."

그걸 들은 미란다가 눈초리를 더욱 날카롭게 곤두세웠다.

"도망칠 수 없다면, 싸울 수밖에 없어."

미란다의 시선 너머에는 에바가 있었다.

에바도 자기를 보고 있다는 걸 알아챘다.

"내가 배신한다고 생각하고 있어? 동족이라고 해도 생판 남이야. 저쪽에 살의가 있다면 적이잖아."

이쪽은 각오가 된 모양이다.

보옥 안에서 5대의 목소리가 들려왔다.

『따라잡히면 성가셔. 등을 보여줄 필요는 없어. 라이엘, 매복으로 전환해.』

내가 멈추자, 세 사람도 발을 멈췄다.

"맞받아치자. 에바, 싸우기 쉬운 곳을 가르쳐줘."

내가 에바에게 의견을 구하자, 그걸 들은 아리아가 미란다를 슬쩍 봤다. 대항 의식을 불태우지 않을까 싶은 거겠지.

그러나 미란다는 아무 말도 하지 않았다.

"비교적, 이라는 전제는 붙지만, 그렇다면 조금 되돌아간 곳이 좋겠어."

숲속에서 싸우는 데는 익숙하지 않은 우리에게는 불리하지만, 할 수밖에 없다.

그러자 5대가—.

『라이엘. 아직 조금 시간이 있어. 상대를 혼란스럽게 해라.』

내가 보옥을 움켜쥐자…….

『안심해. 나는 이런 식의 싸움은 특기야.』

—라이엘 일행을 쫓던 엘프들.

그들은 지면의 발자국으로 보고 발을 멈췄다.

"세 방향으로 갈라졌다?"

부하의 의아하다는 표정이 눈가만으로도 확연히 보였다.

리더는 허리를 숙여서 발자국을 조사했다.

"무척 서두르고 있군. 우리의 추적을 눈치챘나? —적은 쓸 만한 아츠를 가지고 있을지도 모르겠어."

다른 부하가 물었다.

"동료를 미끼로 삼은 걸까요? 누구 한 명이라도 살아 돌아가서 정보를 전해주려는 것일지도 모릅니다."

리더의 천으로 가려진 입가는 웃고 있었다.

"아니, 이건 함정이다."

한쪽은 산으로 가는 방향이었다.

현혹시키기 위해 세 방향으로 갈라진 것처럼 꾸민 거다.

그런 판단을 내린 리더는 발자국 하나를 주목했다.

"남자의 발자국을 밟고 남은 세 명도 이동했군. 이쪽이다."

누구보다 깊고 선명하게 남은 발자국이었다.

바로 남자의 발자국을 추적했다.

"아츠의 능력으로 우리를 눈치챈 모양이지만, 숲속은 익숙하지 않아 보이는군. 숲을 잘 아는 자도 있는 모양이지만, 익숙할 뿐이다. 우리의 적은 아니야."

부하 두 명도 이의를 제기하지 않고 말없이 따라왔다.

세 사람은 적이 가까이 있다는 걸 느꼈다.

"가깝군."

리더는 상대가 자신보다 숲에 익숙하지 않다고 얕보고 있었다.

그러자, 숲속에 한 청년이 서 있었다.

후드를 쓰고 있어서 얼굴은 보이지 않는다. 입가도 가리고 있다. 오른손에는 사브르를 들고 있고, 싸울 의지를 보였다.

부하 한 명이 초조해했다.

"한 명밖에 없습니다!"

그곳에 있는 건 라이엘 한 명이었다.

"동료를 살리기 위해 발을 묶으려는 건지, 아니면 매복하고 있는 건지— 어느 쪽이든 상관없다. 바로 처리하자."

리더는 부하들과 함께 라이엘을 덮쳤다—.

베고 들어오는 남자가 세 명.

천을 둘러서 얼굴을 감췄기 때문에 엘프인지 아닌지도 판별할 수 없다.

그러나—.

"빨라."

단검을 든 남자가 두 명.

활을 든 남자가 한 명.

재빨리 베고 들어온 선두 남자의 일격을 받아내자, 두 번째 녀석이 내 옆을 노리고 단검을 찔렀다.

바로 뒤로 물러나자, 그대로 추격해왔다.

화살이 내 얼굴을 노리고 날아왔기에 고개를 옆으로 기울여서 피했다.

후드에 화살이 스쳤다.

단검으로 베고 들어오는 두 사람의 뒤에서 한 명이 화살을 날리고 있다.

무섭지 않은 건가?

"갑자기 베고 들어오다니 너무하잖아."

농담을 해봤지만, 상대는 아무런 대답도 하지 않았다.

보옥 안에서는 그런 상대를 높이 평가하는 3대의 목소리가 들렸다.

『쓸데없는 말은 하지 않네. 이건 성가신 상대야.』

바닥이 고르지 않은 숲속, 옆에서 날아오는 적의 화살을 피한 직후에 두 남자가 단검으로 찌르고자 나를 덮쳐왔다.

한 명이 특히 강하다.

사브르를 내지르자, 유연한 움직임으로 피하고 거리를 좁혔다.

그대로 단검에 찔려줄 수는 없지.

거리를 벌렸을 때, 두 명의 단검이 묘한 광택을 발하는 게 보였다.

칼날에 뭔가를 발랐다.

"독인가. 그다지 상대하고 싶지 않네."

두 사람이 나를 협공하는 위치로 이동해서 활을 든 한 명의 사선을 확보했다.

"정말로 성가셔!"

날아온 화살을 사브르로 걷어내자, 그 사이 두 사람이 접근했다.

습격자 세 사람의 시선과 의식이 예정대로 내게 모인 순간.

나무 위에서 나이프와 화살이 눈앞의 두 사람에게 타이밍 좋게 날아왔다.

한 명은 눈치챘고, 동료를 붙잡아 방패로 삼아서 나이프와 화살에서 몸을 지켰다.

"동료를 희생시키는 거냐."

다음 순간, 동료를 놓더니 재빨리 내게서 거리를 벌렸다.

다른 한 명은 아리아의 단창을 활로 막아냈다.

"이, 이게!"

아리아가 힘겨루기로 들어가자, 적은 왼손으로 나이프를 들었다.

"바보!"

미란다가 곧장 나이프를 던져서 아리아를 구했다.

그러나 미란다의 의식이 쏠린 순간, 동료를 방패로 삼은 남자는 이 자리에서 이탈했다.

에바가 나뭇가지에서 내려왔다.

"한 명이 도망쳐버렸잖아!"

화살과 나이프가 꽂힌 남자는 나이프에 발린 독으로 마비되어 움직이지 못하고 있다.

『방심했지만, 전원이 무사하다면 그래도 낫나.』

5대가 그렇게 말하자, 3대가 이어받았다.

『상대가 예상 이상으로 숙련되어 있었으니까. 그보다도, 이건 위험해. 얼굴은 들키지 않았지만, 특징을 파악해서 라이엘 일행을 특정할 수 있을지도 몰라. 바로 돌아가는 게 좋겠어.』

이미 주변은 어두워졌다.

게다가 아리아가 몹시 지쳐있었다.

에바는 얼굴을 가리던 천의 입가 부분을 손가락으로 내렸다.

"아리아, 왜 처치하지 않았던 거야."

아직 살아있는 남자가 두 명.

정보를 들을 수 있었을지도 모른다.

"미, 미안."

메마른 소리가 숲에 울려 퍼졌다.

고개를 수그리고 사과의 말을 한 아리아에게 미란다가 따귀를 날린 것이다.

아리아를 바라보는 미란다의 얼굴은 무서웠다.

"너 한 명 때문에 동료가 희생되기라도 하면 어떻게 할 거야? 좀 더 진지하게 해."

"나, 나는—."

아리아는 아무런 반박도 하지 못했다.

내가 말을 걸려고 했지만…….

『라이엘. 지금은 끼어들지 마.』

5대가 그렇게 말하자, 4대도 찬성했다.

『원래 이건 라이엘이 해야 할 일이기도 했습니다. 미란다가 아리아를 지원하지 않았다면, 적이 도망칠 일은 없었을 테니까요.』

그런 때였다.

"—뭔가 와."

남자가 도망친 방향에서, 그의 반응이 사라졌다.

대신 나타난 건, 남자보다도 강한 적의를 발하는 커다란 반응이었다.

—엘프 리더는 홀로 숲속을 달리고 있었다.

숲속은 빛이 나무나 잎에 가려져서 낮이라도 어둡다.

해가 저무는 저녁이라면 한층 어두워진다.

"오산이었다. 하지만 상대의 특징은 파악했어. 이 정보는 가지고 돌아가야만 해."

부하를 희생해서 살아남은 리더는 아군에게 이 정보를 전해야 한다고 생각했다.

상대는 굉장히 우수한 아츠를 가졌다.

색적에 특화된 아츠이리라.

그리고, 네 명 중 세 명은 여자였다.

후드 틈새에서 보인 머리색이나 눈동자의 색은 파랑.

이만한 정보가 있다면, 어느 정도 인물을 특정할 수 있을 것이다.

"서둘러야 해."

멈추면 따라잡힐지도 모른다.

어두워진 숲을 전력으로 달리는 건 위험하지만, 조금이라도 라이엘 일행에게서 멀어지기 위해 서둘렀다.

그래서 평소라면 눈치챘어야 하는 걸 놓쳤다.

숲속에 있는 마물이라면, 그라도 충분히 대처할 수 있다.

그러나, 그 녀석은—.

"이 녀석은— 그, 그만둬!"

부주의하게 덤불에서 뛰쳐나가자, 그 주변을 왕뱀의 몸통이 휘감고 있었다.

두께는 성인 남성의 몸통보다 굵고, 그리고 길다.

커다란 비늘이 번들번들 꺼림칙하게 빛났다.

리더를 한 바퀴 빙그르르 둘러싸자, 머리가 모습을 드러냈다.

"—라미아라고."

상반신은 인간 여성.

하반신은 뱀으로 된 마물이다. 그러나, 그런 것치고는 너무 크다.

리더도 동종의 마물을 몇 번 봤지만, 그것보다 두 배는 컸다.

상반신은 여성의 모습이지만, 사람치고는 손이 가늘다.

예리한 이빨과 손톱으로 리더를 덮쳤다.

곧장 단검으로 베었지만, 라미아의 피부는 단단해서 칼날이 들어가지 않았다.

"이 녀석, 아종인가! 그, 그만둬!"

얼굴 끄트머리까지 찢어지는 커다란 입을 벌린 라미아는 리더를 손으로 붙잡아서 뱀의 하반신으로 휘감았다.

리더의 입가에 감긴 천에서 피가 스며들었다.

라미아는 그대로 입을 더욱 크게 벌려서 리더를 통째로 삼켰다.

그리고 끄트머리가 두 갈래로 갈라진 얇은 혀를 입에서 내밀어서 할짝할짝 움직이고는, 뭔가를 느낀 듯 그 자리에서 이동하기 시작했다.

땅을 기면서 나아가는데도 굉장히 빠르다.

라미아 아종은 나무 사이를 누비면서 라이엘 일행을 향해 다가갔다—.

숲속이 소란스럽다.

새가 일제히 울면서 하늘로 날아갔다.

그리고, 우리를 향해 적의를 대놓고 뿜어대며 다가오는 커다란 무언가.

"뭔가 와. 바로 도망치자."

상당히 크다.

나는 바로 퇴각을 알렸고, 붙잡은 남자들은 방치하기로 했다.

남자 둘을 업고 숲속을 이동할 수는 없다.

게다가, 그런 짓을 하다가는 따라잡히고 만다.

아리아는 쓰러진 두 사람을 바라봤지만, 미란다가 억지로 팔을 잡아서 달렸다.

"뭐 하는 거야!"

에바는 우리 앞을 달렸다.

"뭔가 불길한 예감이 들어. 아무튼 서둘러 여기에서 벗어나자."

남자들을 남겨두고 가는 건 적잖은 죄책감이 들었지만, 어차피 우리를 죽이려 했던 적이다.

"—서두르자."

그 자리에서 이탈해서 조금 지나자, 배후에서 사람의 비명이 들려왔다.

아리아도 눈치챘는지, 표정은 어딘가 괴로워 보였다.

—한편.

도시에 남은 노웸은 소피아와 둘이서 시장으로 나왔다.

장을 볼 겸, 라우칸의 사정을 들으며 돌아다녔다.

옛날부터 살던 사람들은 불만도 많지만, 상인들은 손님이 늘어서 기쁜 비명을 지르고 있었다.

가만히 있어도 손님이 오니까.

음식점은 아무리 맛없어도 손님이 온다.

어느 가게도 가게 밖에 행렬이 생길 정도다.

두 사람도 식사를 하려고 가게 앞에 줄을 서서 겨우 들어왔는데—

"—너무하지 않나요?"

혼잡한 가게 안에서 소피아는 별로 맛있지 않은 요리를 먹으며 표정을 흐렸다.

노웸은 빵을 수프에 적셔서 부드럽게 만들어 먹었다.

주변 손님들도 똑같다.

이러지 않으면 먹기 힘드니까.

빵과 건더기가 조금 있을 뿐인 수프와 물.

덤으로 가격도 비싸다.

"빨리 먹어버리죠."

두 사람이 일부러 외식을 나온 이유는, 주변 이야기를 듣기 위해서다. 라우칸의 사정을 조사하고 있다.

10년 전부터 호경기가 되어서 서서히 사람이 늘기 시작했다.

그리고 2년 전쯤부터 사람이 너무 늘어나서 곤란해졌다.

여러모로 손은 쓰고 있는 모양이지만, 도시도 주민도 급격한 변화에 대응하지 못하는 것처럼 보였다.

덜컹덜컹 흔들리는 조악한 테이블과 의자.

가게 안도 억지로 자리를 늘렸는지, 옆 테이블과의 거리가 가깝다.

그러나 덕분에 주변의 대화도 잘 들린다.

"기린 이야기 들었어?"

"본 녀석이 소란 피우더라. 확실히— 서쪽에서 봤다고 하던데."

"서쪽? 나는 동쪽에서 봤다고 들었어."

제일 많은 화제는 왕궁이 사로잡으라고 명한 기린 이야기였다.

노웸이 먹는 동작을 그만두고 중얼거렸다.

"—어리석네요."

그러나 주변의 말소리에 귀를 기울이던 소피아는 들리지 않았던 모양이다.

"뭔가 말씀하셨나요?"

노웸은 물어본 소피아에게 「아무것도 아니에요」라며 미소 짓고는 식사를 재개했다.

그러자 이번에는 소피아가 식사를 멈추고 고개를 수그렸다.

"소피아 씨. 왜 그러시나요?"

"아뇨, 저희만 느긋하게 보내고 있어도 되나 싶어서요. 라이엘 공이나 아리아 일행은 애쓰고 있는데, 저는 대기하고 있어서요."

소피아는 아리아가 부러웠던 모양이다.

"저도 결의를 다지고 따라왔어요. 하지만 갑자기 대기하게 되니까, 과연 라이엘 공의 힘이 되고 있는지 불안하네요."

그런 소피아를 본 노웸이 말했다.

"저는 여러분을 속이고 있었어요."

"그, 그건, 저기— 그렇긴 하지만요."

노웸에게 이런 말을 들을 줄은 몰랐는지, 소피아는 당황했다. 뭐라 대답해야 좋을지 모르는 기색이다.

그래서 노웸은 말을 이었다.

"저는 라이엘 님의 곁에 걸림돌을 놔둘 생각은 없어요."

소피아가 어깨를 떨구며 시무룩해졌다.

"—거, 걸림돌인가요. 노웸 씨도 엄하시네요."

"착각하지 말아 주세요. 저는 당신을 높이 평가하고 있어요. 그러니까 동료로 들인 거예요. 당신은 좀 더 자신감을 가져야 해요."

소피아가 고개를 들며 놀라자, 노웸은 식사를 재개했다.

서서히 소피아의 얼굴이 빨개지며 수줍어하기 시작했다.

"그, 그게, 그건 저기!"

"빨리 드세요. 그리고 역부족을 한탄할 여유는 없어요. 지금을 어떻게 보내느냐가 중요해요."

모두가 없는 지금이기에 할 수 있는 일을 하자. 노웸은 소피아에게 그렇게 말했다.

그걸 듣자 소피아가 의욕을 보였다.

"그렇죠! 그럼 빨리 먹고 휘두르기 연습이라도 해야겠어요. 우물! —맛없네요."

소피아는 웃으면서 수프에 적신 빵을 먹었지만, 그 얼굴은 바로 흐려졌다.

"확실히 그러네요."

노웸은 그런 소피아를 보며 미소를 지었다―.

제93화 라미아

어두운 숲속.

우리는 숨을 죽이고 있었다.

새나 벌레 우는 소리가 들리지만, 어두워서 아무것도 보이지 않는다.

그러나 적은 우리를 알아챈 것 같다.

이미 우리를 사냥감으로 보고 있는지, 꽤 끈질기게 따라다니고 있다.

거리를 인정하게 유지하고, 긴장을 풀면 다가온다.

불쾌한 느낌이다.

미란다가 아리아를 봤다.

"아리아, 부상을 치료해줘."

"이 정도는 괜찮아."

"됐으니까."

미란다가 강하게 말하자, 아리아는 천천히 치료를 하면서 내게 물었다.

"어떤 기색이야?"

나는 솔직하게 답했다.

"도망치게 해줄 것 같지 않아. 숲을 빠져나가기 전에 어딘가에서 공격해올 거야."

꽤 오래 도망쳤지만, 상대는 쫓아오고 있다.

그 끈질김을 느낀 에바가 주변을 보며 옛날이야기를 해줬다.

"어린 시절, 숲에서 헤맸을 때 마물에게 쫓긴 적이 있어. 그때와 똑같은 느낌이네."

"어떤 마물이었어?"

나는 마물에 관해 물었다.

"라미아야. 상반신이 여성이고, 하반신은 뱀인 마물. 창작에서는 아름다운 여성으로 나오기도 하지만, 외모는 그냥 무서워. 변태 같은 남자라도 맨발로 도망칠 거야."

상반신이 알몸이라 가슴을 노출한다고 하지만, 덩치 큰 남자가 도망칠 정도로 무서운 모양이다.

미란다는 나무에 몸을 기대서 주변을 경계했다.

"모험가 길드에서 조사해봤는데, 최근 이 주변에도 나오게 되었다고 해. 어느 던전에서 나온 걸까?"

예전에도 비슷한 일이 있었다. 아직 내가 신참 모험가였던 시절의 이야기다.

에바는 물을 입에 머금고 천천히 마셨다.

그렇게 목의 갈증을 달래고는 미란다에게 대답했다.

"글쎄. 라미아라면 아까 놓쳤던 남자가 쓰러뜨리더라도 이상하지 않아. 일부러 놓아줬다고 해도, 지금의 우리가 도망칠 수 없다는 건 있을 수 없어."

파티 내부에서도 이동 속도를 중시한 멤버다.

그 멤버가 4대의 아츠도 사용해서 이동 속도를 끌어올렸다.

그런데도 도망칠 수 없다.

아리아는 치료를 마치고 일어나서 주변을 경계했다.

"애초에 뭐가 쫓아오는지 모른다는 게 무섭네."

어두운 숲속이다.

솔직히 말해서 무섭다.

혼자였다면 분명 겁먹었겠지.

네 명이 이야기를 나누는 사이, 보옥 안에서 7대의 목소리가 들렸다.

『라이엘. 너무 떠들지 마라. 너도 조금 쉬어.』

나는 세 사람에게 이 자리를 맡기고 조금 쉬기로 했다.

생각보다 피곤한 모양이다. 바로 졸려왔다.

―라이엘이 잠든 걸 확인하자, 세 사람의 분위기가 일변했다.

"바로 자버렸네. 애 같아."

에바의 말을 들은 미란다도 입을 열었다.

"좋은 일이잖아. ―그보다도, 아리아."

아리아는 순간 어깨를 떨며 놀라면서 미란다에게 고개를 돌렸다. 뭘 말하려는 건지는 알고 있지만, 거북한 듯한 표정은 야단맞는 아이처럼 보였다.

"뭔데?"

"왜 망설인 거야? 너라면 일격에 끝장낼 수 있었을 거야."

미란다는 아리아라면 습격했던 3인조 중 한 명은 단숨에 쓰러뜨릴 수 있었을 거라며 책망했다.

"알고 있어. 하지만— 몸이 안 움직였다고."

에바는 어깨를 으쓱했다.

"결과적으로는 무사했지만, 정신 똑바로 차려야지."

"너는 단호하게 잘라낼 수 있나 보네. 망설임 같은 건 없어?"

에바는 눈을 가늘게 떴다.

"여행하다 보면 여러 일이 있는 법이야. 도적의 습격도 한두 번은 아니었어."

그런 에바에게 미란다가 말했다.

"어머, 믿음직하네."

에바는 한쪽 눈썹을 치켜들고 불쾌한 표정을 보였다.

"네가 하는 말은 뭔가 거짓말 같단 말이야."

"말이 너무하네. 내가 마음에 안 든다는 건 알겠지만, 그걸 매번 태도로 드러내는 건 좀 어떤가 싶은데?"

미란다는 이번 일처럼 중요한 국면에서 사적인 감정을 넣지 말라고 말하고 있었다.

에바도 그건 알고 있는 모양이었다.

"그래도 자기 일은 하고 있어. 불평 정도는 하게 해달라고. 너를 보고 있으면 짜증이 난단 말이야."

미란다의 얼굴에서 표정이 사라졌다.

"때와 장소를 가려야지. 그리고. 말이 나와서 말인데— 노래라든가 이야기라든가, 그 정도의 마음가짐으로 따라오는 건 라이엘의 방해야. 마음 편한 너와 주변을 비교하지 말았으면 좋겠네."

미란다의 말을 듣자, 에바가 미간에 주름을 잡았다. 분위기가 서서히 험악해졌다.

아리아가 어이없어하며 중재에 들어갔다.

"그만 좀 해. 보고 있는 이쪽이 우울해지겠어."

그런 아리아에게 에바가 달려들었다.

"자기 역할도 완수하지 못하는 너한테 듣고 싶지는 않아. 나는 진지해. 노래를 위해 목숨을 걸 수 있어. 그걸 그 정도라고 말하는데 가만히 있을 수 있겠어?"

목소리는 억누르고 있지만, 노기를 숨기지 못하고 있다.

아리아는 에바의 분노 앞에서 기가 죽어버렸다.

"미, 미안."

그러나, 미란다는……

"아리아가 사과할 필요는 없어. 이 녀석은 다른 알맞은 소재가 생기면 라이엘을 버리고 그쪽으로 갈 테니까."

미란다는 노래나 이야기를 위해 라이엘과 동행하는 에바를 경계하고 있었다.

미란다나 다른 일행들과는 달리, 동기가 약하다.

동기라면 클라라도 약하지만, 미란다는 에바를 더 위험시하고 있었다.

클라라는 어딘가 서툴기에, 배신하더라도 사전에 눈치챌 자신이 있다.

그러나 에바는 어떤가?

엘프의 정보망을 가지고 있고, 연기에도 뛰어나다.

유능하고, 서서히 경험도 쌓고 있다.

여차할 때는 동족이 상대라도 단호한 판단을 내릴 수 있는 점도 개인적으로는 높이 평가하고 있다.

그러나, 그런 에바는 자신의 이익을 위해서라면 라이엘을 간단히 배신하지 않을까?

미란다의 마음에는 그런 염려가 부풀어 오르고 있었다.

"역시 싫어. 너는 정말 싫어."

미란다와 에바 사이에는 커다란 도랑이 생겨나고 있었다—.

—보옥 안.

라이엘이 깊은 잠에 빠지자, 세 사람의 목소리가 들려오지 않게 되었다.

말다툼을 벌이던 목소리가 끊어지자, 다섯 명이 입을 열었다.

다섯 명 모두 어딘가 차분하지 않은 표정이다.

『여자는 무섭다니까.』

『이해합니다. 정~말, 이해합니다!』

『미란다의 염려는 지당하긴 하지.』

『그렇죠. 클라라도 라이엘과 행동을 함께하기에는 동기가 조금—.』

『—도중에 대화가 들리지 않게 되었을 때는 유감이라기보다는 마음이 놓였습니다.』

여성진의 대화를 들은 역대 당주들은 잠든 라이엘이 아무것도 모른다는 것이 부러웠다.

기왕이면 전부 듣거나, 처음부터 듣지 않는 게 나았다.

보옥에는 이렇게 불안정한 부분이 있다.

이건 최근에 특히 심해졌다.

요즘─ 아니, 세레스와 만나고 나서부터 보옥의 상태가 이상하다.

4대가 한숨을 내쉬었다.

『역시 가짜 보옥은 불안정한 걸까요?』

세레스는「덜떨어진 것」,「불량품」이라고 말했다.

그래서 불안정한 거라면 유감이지만, 이런 푸른 보옥이라도 의지해야만 한다.

그러나, 이 자리에 있는 다섯 명은 그런 것에 비관하지는 않았다.

3대가 여유로운 미소를 지었다.

『가짜라고 해도 힘은 진짜야. 도구라는 건 다뤄내야 의미가 있지. 불안정한 건 유감이지만, 그보다도 문제는─.』

지금은 보옥보다 상상 이상으로 사이가 나쁜 여성진이 문제다.

『클라라는 딱히 상관없어. 그 아이의 동기는 이해할 수 있고, 나도 여행에 동행해준 건 기쁘니까.』

3대가 그렇게 말하자, 4대가 어이없어했다.

『3대의 클라라 편애가 나왔군요. 그나저나, 아리아는 각오가 부족합니다. 소피아도 비슷하다고 생각하면, 이 두 사람이 문제 아닐까요?』

그러나 5대는 다른 견해를 보였다.

『에바는 유능한 만큼, 배신하면 어떻게 될지 생각하고 싶지도 않아. 아리아나 소피아의 문제는 경험이 쌓이면 어떻게든 돼.』

미란다를 편애하는 6대의 의견은 이랬다.

『미란다의 의견이 올바르군요. 에바는 경계해야 한다고 생각합니다.』

그런 와중, 7대는 진지하게 고민에 잠겼다.

3대가 말을 걸었다.

『왜 그래?』

『아뇨, 실은 엘프 말입니다만─ 각지에 존재하고, 온 대륙을 여행하는 집단도 있습니다.』

『─그렇지.』

『나라와는 관계가 없고, 동족끼리는 협력적이죠. 빈번하게 정보 교환을 하고, 때로는 노래로 민중을 조종합니다. 이번에 덮쳐온 엘프들도 성가셨죠.』

이 자리에 있는 전원이 무슨 말을 하려는 건지 이해했다.

지금까지 몇 번이나 에바의 도움을 받아왔다.

엘프들에게도.

그만큼 엘프들은 편리했다.

그런 존재가 적으로 돌아서 버리면, 굉장히 성가시다.

『옛날부터 아인종은 인간에게 그다지 거스르지 않았습니다. 이번에 덮쳐온 녀석들도 라우칸 쪽 이들이라고 생각하면 인간을 따르는 입장이죠. 저는 예전부터 신경이 쓰였습니다. 아인종이란 무엇인가, 라고요.』

3대는 7대의 의문에 흥미를 가졌지만…….

『그것도 확실히 중요하지만, 우리에게는 눈앞의 커다란 문제가 있어. 여자아이들의 사이를 어떻게든 해야만 해. 보기만 해도 위가 아파질 것 같단 말이야. 누구 해결책 없어?』

3대가 묻자, 네 명 전원이 고개를 돌렸다.

『저에게 해결책을 요구하지 말아 주세요.』

『나도 무리야. 나는 기본적으로 지켜보는 타입이니까.』

『―저, 저도 여자끼리의 싸움은 위가 아파서 패스하는 걸로.』

『저도 이것만큼은 좀.』

3대가 웃었다.

『어라? 다들 미덥지 못하잖아. ―하긴, 나도 해결책 같은 건 없으니까. 정말로 어쩌지?』

3대는 메마른 미소를 흘리면서 이 의문 앞에 땀을 흘렸다.

곤란하다는 증거다.

여성 관계 문제에서는 전혀 도움이 안 되는 다섯 명.

쫓기고 있다는 건 그다지 문제시하고 있지 않았다―.

잠시 잠들었던 내가 눈을 뜨자, 세 사람이 말없이 주변을 경계하고 있었다.

누군가 쉬지도 않았고, 교대로 파수를 봤다는 기색도 없다.

"미안, 내가 교대할게."

일어나서 말을 걸고는 아츠로 적의 위치를 확인했다.

적은 천천히 거리를 좁히고 있었다.

"—꽤 가깝네. 세 사람에게는 미안하지만, 먼저 이 자리를 이탈하자."

세 사람 모두 수긍했지만— 미란다와 에바의 모습이 이상하다.

아리아는 두 사람을 신경 쓰고 있지만, 동시에 무서워하는 것처럼 보였다.

"세 사람 다 무슨 일 있었어?"

"아무 일도 없었어."

"딱히."

미란다는 웃으며 대답했고, 에바는 불쾌한 듯 대답했다.

아리아는 뭔가 말하려 했지만, 도중에 입을 다물고 말았다.

분위기가 이상하다.

내가 잠든 사이에 무슨 일이 있었던 건 명백하다.

"저기, 정말로 무슨 일이야? 어라? 화났어?"

나에게 화가 난 건가 싶었지만, 그렇지는 않은 모양이다.

"화난 건 아니니까 빨리 가자."

에바가 그렇게 말하며 앞으로 걸어가자, 미란다는 어깨를 으쓱하며 따라갔다.

두 사람이 앞서가자, 아리아가 내게 말했다.

"너, 참 행복하게 자고 있더라. —부러워."

"미, 미안해."

잠든 나에게 화가 난 건가?

그나저나, 아무래도 그렇게 보이지는 않는다.

아리아는 피곤한 얼굴로 한숨을 내쉬면서 앞으로 걸어갔다.

나도 걸어갔다.

보옥을 움켜쥐고, 작은 목소리로 역대 당주들에게 무슨 일이 있었는지 물었다.

"제가 자던 사이에 무슨 일 있었나요?"

대답에는 조금 시간이 걸렸다.

3대가 어딘가 망설이듯이, 얼버무리듯이 내게 말했다.

『—아무 일도 없었어. 그나저나, 지금은 쫓기고 있잖아. 그쪽에 집중하자.』

"아, 네."

—라이엘 일행을 쫓는 마물은 탈피를 맞이했다.

라이엘 일행이 걸음을 멈춘 건, 마물에게는 행운이었다.

시간을 들여서 탈피한 라미아는 더욱 뱀의 모습에 가까워졌다.

비늘이 전신을 덮었고, 유방은 흔적만이 남았다.

머리 근처에 가느다란 팔은 남았지만, 여섯 개로 늘어났다.

게다가 손가락 개수는 세 개로 줄고 손톱이 더욱 날카로워졌다.

강한 적을 쓰러뜨리면 마물도 「성장」한다.

끄트머리가 두 갈래로 갈라진 혀를 재빨리 날름거리면서 커진 눈동자로 주변을 두리번두리번 돌아봤다.

근처에 커다란 개구리가 지나갔다. 혀를 뻗어서 붙잡아 재빨리 입에 넣어 삼켰다.

　그러나, 커진 라미아에게는 부족했다.

　탈피로 체력을 써서, 공복이었다.

　이윽고 라이엘 일행이 움직이는 걸 확인하자, 그 눈은 호를 그리듯이 가늘어졌다.

　웃고 있는 것처럼 보였다.

　커진 라미아는 지면을 재빨리 기어서 라이엘 일행을 쫓았다―.

　―숲속을 이동하던 중.

　아리아는 자신을 책망했다.

　(한심하네. 나 혼자 걸림돌이야.)

　뭐든지 할 수 있는 미란다.

　숲속은 특기인 에바.

　라이엘은 모든 국면에서 활약하고 있다.

　아리아는 원래 파티의 척후라는 역할을 담당하는 건 자신이라 생각해왔다.

　그러나 미란다에게도 에바에게도 뒤떨어진다.

　라이엘을 보조하는 것에 지나지 않는다.

　게다가 파티 내부 분위기가 나빠지는 걸 보고 있을 수밖에 없다.

　이런 한심한 자신의 실력이 싫어졌다.

　대체 얼마나 강해져야 모두와 어깨를 나란히 할 수 있을까?

아리아의 마음에는 불안감이 커져만 갔다.

세레스와 싸우겠다고 결심한 라이엘의 발목을 잡아끌고 있지 않나?

그리고— 자신은 세레스와 싸울 수 있을까?

생각하면 생각할수록 자신이 너무나 작은 인간처럼 느껴졌다.

"아리아."

누가 말을 걸어와서 깜짝 놀라 고개를 들자, 미란다였다.

"휴식이야. 그리고 긴장 풀면 죽어."

주의를 받자, 아리아는 부끄러워졌다.

"아, 알고 있어."

곧장 입에서 나온 건 강한 척이라서, 그것조차 한심해졌다.

악순환이다.

미란다는 아리아의 태도에 아무 말도 하지 않았다.

"그럼 됐어. —라이엘, 적은 어때?"

라이엘이 숲속— 자신들이 도망쳐온 방향을 보고 험악한 표정을 지었다.

"숲을 나오기 전에는 우리를 덮칠 셈인가? 점점 거리가 줄어들고 있어."

라이엘이 지면에 손을 대서 아츠를 사용했다.

그러자 거리가 줄어든 덕분에 상대의 모습을 파악할 수 있게 된 모양이었다.

"사람? 아니, 뱀인가? 뱀에 손이 달렸어."

에바가 대화에 끼어들었다.

"그건 라미아 아니야?"

"크거든. 정보보다 훨씬 커."

길드에서 조사한 주변에 출몰하는 마물들의 정보는 라이엘도 알고 있다.

그에 비하면, 쫓아오는 마물은 컸다.

형상도 다른 모양이다.

"팔처럼 보이는 게 여섯 개나 있어."

"뭐야 그게? 정말로 팔이야?"

"모르겠어."

쫓아오는 건 지면을 재빠르게 기는 왕뱀 같은 무언가.

게다가 그 엘프들을 간단히 쓰러뜨렸다.

방심할 수 없다.

라이엘은 피곤한 표정을 보였다.

"가능하면 싸우고 싶지 않은데."

원래 던전 탐사를 목적으로 해서 숲에 들어왔기에, 전투는 피하자는 방침이었다.

아리아는 라이엘을 보며 생각했다.

(아, 또 푸른 옥을 쥐었어.)

라이엘의 버릇인지, 결단을 내릴 때 자주 보인다.

움켜쥐고, 때로는 손가락으로 굴리는 모습을 보자— 아리아는 안심했다.

이게 나오면, 라이엘은 강하고 믿음직스럽다.

"—맞받아칠까."

그 말을 듣자, 미란다와 에바도 장비 확인을 시작했다.

아리아도 조금 늦게 확인했다.

이런 약간의 차이에도, 아리아는 자신이 주변 사람들보다 뒤떨어진다고 느끼고 있었다—.

숲속, 탁 트인 곳에서 기다리자 꺼림칙한 소리가 다가왔다.

기어 올 때 지면을 스치고, 나무를 깎아내는 소리다.

뭔가 커다란 게 다가오고 있다는 걸 쉽게 상상할 수 있다.

이윽고, 왕뱀이 나무 사이를 누비며 모습을 드러냈다.

안쪽에서 몸통이 따라 나왔고, 꼬리는 초목에 가려져서 보이지도 않는다.

"크네."

저도 모르게 단순한 감상이 나왔다. 왕뱀은 혀를 날름거리고 있다.

뱀 마물과는 몇 번 싸워봤지만, 이 녀석은 크기보다도 모습이 이질적이다.

머리 근처에 여섯 개의 가느다란 팔이 있다.

미란다가 곧장 나이프를 투척했지만, 단단한 비늘에 튕겨났다.

"라미아가 아니었네. 그보다도, 이런 마물의 정보는 없었어."

왕뱀의 모습을 가진 마물은 많다.

강함의 폭도 넓어서, 종류에 따라서 대응도 달라진다.

독을 가진 경우는 매우 성가시다.

에바가 활을 쏘며 말했다.

"나도 몰라. 독이 있어도 치료는 못 해. 접근하지 않고 쓰러 뜨리는 게 좋겠어."

클라라가 있었다면 자세한 이야기를 들었을지도 모르지만, 지금 이 자리에는 없다.

아리아가 당혹스러워했다.

"접근할 수 없다니— 어떻게 쓰러뜨리라는 거야!"

미란다는 차분하다.

에바도 마찬가지다.

두 사람의 시선은 나를 바라보고 있었다.

"별로 쓰고 싶지 않은데 말이지."

나는 보옥을 왼손에 움켜쥐고, 그대로 뜯어내듯이 들었다.

은색의 사슬이 활의 형상으로 변하자, 활시위 없는 은색의 활이 되었다.

빛으로 된 실이 활시위처럼 나타났다.

활시위를 손가락으로 걸고 당기자, 빛의 화살이 나타났다.

왕뱀은 크게 입을 벌렸다. 나를 비웃는 것 같다.

"위력 조절이 힘든데."

투덜댔다.

2대가 남긴 활은 초대가 남긴 은색의 대검과 달리 솔직한 인상을 받는다.

아니, 성실하다.

나쁘게 말하면 융통성이 없다.

조금이라도 조절을 잘못하면…….

"─아!"

왕뱀이 여섯 개의 팔을 크게 벌리며 나를 잡으려고 다가왔다. 나는 꺼림칙한 왕뱀을 향해 화살을 쐈다. ─쏘고 말았다.

조금 기분 나쁘다고 생각하는 바람에 조바심을 내서, 위력이 올라가고 말았다.

빛의 화살은 왕뱀의 머리를 꿰뚫고 미간에 구멍을 뚫었다.

순간 구멍이 뚫린 것처럼 보였지만, 그 후에 곧바로 왕뱀의 머리가 터졌다.

피와 살이 왕뱀의 뒤로 날아간 게 다행이었다.

조금 뒤늦게 왕뱀 건너편─ 후방에서 폭발음이 들렸다. 머리를 꿰뚫은 빛의 화살이 어딘가에서 부딪혀 폭발한 모양이다.

위력 조절이 예전보다 어려워졌다.

시선을 주변으로 돌리자, 숲이 왕뱀의 피로 물들어서 굉장히 처참한 광경으로 변했다.

아리아가 놀라서 입을 뻐끔거리며 외쳤다.

"한 방에 끝났잖아! 왜 도망치고 있던 거야!"

─지당한 의견이다.

그러나 나도 변명하고 싶다.

"최근 특히 불안정하거든. 게다가, 이렇게 되면 소동이─."

이야기 도중, 왕뱀을 꿰뚫은 곳에서 연기가 솟아오르는 게 보였다.

『아~아, 저질렀네.』

3대의 맥빠지는 목소리가 들려왔다.

에바가 어이없어했다.

"대검이 더 낫지 않았을까? 그보다도, 먼저 불을 끄러 가자."

미란다가 에바에게 반박했다.

"그 대검이야말로 안 돼. 접근해야만 하고, 무엇보다 라이엘이 한 방에 쓰러지니까."

"하지만 화재가 일어나면 안 되잖아."

"그러니까 도망치고 있었던 거잖아? 불평만 하지 말았으면 좋겠어."

활을 보옥으로— 목걸이로 되돌린 나는 고개를 갸웃했다.

"아무튼 화재를 먼저 처리하자. 그리고는 바로 숲에서 나가야 해."

소란을 일으키고 싶지 않았던 건, 주변에 있을 라우칸 왕국의 기사나 병사들에게 알려지고 싶지 않았기 때문이다.

아리아가 입을 삐죽였다.

"납득이 안 가."

반면, 미란다는 납득했다.

"처음부터 전투는 삼간다고 말했잖아. 당해내지 못해서 도망치고 있다고 생각했어?"

에바가 아리아를 놀렸다.

"아리아는 여유가 없네."

울컥한 아리아가 얼굴을 빨갛게 물들였기에, 나는 세 사람을 재촉했다.

"빨리 불을 끄고 숲에서 나가자. 나 참. 한동안 조정하기 힘들겠어."

라우칸 왕국에 있는 던전을 찾는다는 목표는 이걸로 힘들어졌다.

아리아가 왕뱀을 봤다.

"마석은 회수하지 않아?"

나는 고개를 가로저었다.

"찾는 시간이 아깝고, 그것에 독이 있었을 때의 대처법을 모르니까 무서워. 아무것도 하지 않는 게 제일이야."

저 거대한 왕뱀 어디에 마석이 있는지 찾을 시간이 없다.

이대로 방치할 수밖에 없었다.

좀 더 작았다면, 흙을 뿌려서 숨긴다든가— 무리겠네.

명백하게 수상하다.

바로 도망치는 게 낫다.

"바로 가자. 불이 번지면 대처할 수 없잖아. 엘프로서 그건 용납할 수 없어."

우리는 불을 끄고 싶어서 근질근질한 에바를 앞세워서 소화 활동을 하러 갔다.

빛의 화살은 꽤 안쪽까지 뚫고 나간 모양이다.

몇 센티미터의 구멍이 뚫린 나무가 일직선으로 늘어선 걸 표식 삼아서 나아갔다.

"하늘을 향해 쐈으면 됐을 텐데."

에바가 그렇게 말하는 것도 무리는 아니다.

그러면 쓸데없이 일을 늘릴 필요도 없었다.

"곡사처럼 먼 곳에 떨어지면 귀찮잖아. 그보다, 저건 떨어지긴 할까?"

미란다의 소박한 의문에 내가 답했다.

"시험해본 적이 없으니까 모르지."

성능이 너무 좋은 것도 문제다.

어디까지고 날아갈 것 같기도 하고, 화살이라는 형태를 한 이상 중력에 이끌려서 떨어질 것 같기도 하다.

확인해보고 싶지만, 터무니없이 멀리까지 날아갈 것 같아서 조사해볼 수가 없다.

아리아가 고개를 살짝 들어서 냄새를 맡았다.

"탄 냄새— 얼마 안 남았네."

네 사람이 서둘러 현장으로 가자, 그곳에는 타버린 나무가 몇 그루 남아있었다.

주변도 타버렸는지 검게 그을려 있다.

그러나, 불은 이미 꺼져 있었다.

문득 기척을 느끼고 돌아보자, 근처 바위에 소녀가 앉아있었다.

다리를 흔들흔들 내젓고 있지만, 우리가 다가가자 바위 위에 섰다.

외견은 아직 앳된 모습이 남아있다.

그러나, 묘한 위압감이 있었다.

금색 머리는 쇼트고, 푸른 눈동자를 가졌다.

그 투명한 눈동자가 우리를 바라봤다.

바위 위에 있기에, 내려다보는 구도다.

눈앞의 소녀는 허리에 손을 대며 말했다.

"숲에서 불장난이라니 좋아 보이지 않네."

소녀는 무척 거만한 말투로 설교를 시작했다. 목소리도 역시 어리다.

뭐랄까— 이질적이다.

먼저 소녀의 옷이 이상하다.

숲속에서는 부적절한 차림새다.

피부 노출 부분이 많다.

가슴을 가리기만 하는 하얀 무명천.

복부를 노출하고 있어서 배꼽이 드러난 형태다.

위팔에서부터 내려오는 소매 부분은 펑퍼짐해서 움직이기 힘들어 보인다.

하얀 쇼트 팬츠 아래는 맨다리가 보이고, 다리에는 샌들을 신고 있다.

숲에 들어올 차림새가 아니다.

풀이나 나뭇가지에 옷이 걸려서 금방 못 쓰게 될 것 같다. 노출 부분도 많아서 피부에 상처가 끊이지 않겠지.

보통이라면, 그렇다.

그러나 이 깊은 숲속에 있는데도 그녀의 의류에는 그럴듯한 흐트러짐이나 더러움이 전혀 없다.

"하지만, 돌아왔으니까 용서해줄게. 거기 있는 엘프가 세 사람을 데려온 걸까? 아, 혹시 너희와는 상관없다거나? 그럼 내 착각이겠네."

어린 소녀에게는 확실히 가슴이 있었다.

그러니까 여자아이가 틀림없을 거다.

그런데 자신을 부를 때 「나(僕)#1」를 쓰고 있다.

어딘가 속세와는 동떨어진 인상을 준다.

에바가 우리를 대표해서 말을 걸었다.

"당신이 불을 꺼준 거야? 실은 우리의 부주의로 숲에 불이 붙었거든. 꺼줬다면 감사를 표하고 싶어."

에바가 경계심을 품고 있는 걸 알 수 있었다.

미란다도 마찬가지다.

보옥 안에서도 역대 당주들의 목소리가 들려왔다.

『이 아이, 뭔가 부자연스럽지?』

『숲속에 있는 것도 그렇지만, 차림새가 특히 이상하군요. 저 차림새로 상처 하나 없다니, 아츠가 관계하고 있는 걸까요?』

3대와 4대의 말을 이은 건, 6대였다.

『대단히 건방진 아이처럼 보이지만, 그것만은 아닌 것 같군요. 라이엘, 경계해라. 그나저나, 어디서 본 듯한 기분이 드는데?』

6대는 뭔가 걸리는 모양이다.

그에 관해서는 7대가 따졌다.

『또 다른 데서 만든 자손입니까? 이제 그런 이야기는 좀 봐 줬으면 좋겠는데요.』

#1 **나(僕)** 보쿠. 일본의 남성 1인칭.

『멍청아! 나는 진지하게 고민하고 있다고. 그쪽 이야기가 아니라, 정말로 뭔가 신경 쓰여.』

말다툼이 벌어지는 소리가 들려왔지만, 5대만큼은 아무 말도 하지 않았다.

여자아이는 우리를 아주 잠깐 바라보고는, 표정을 풀고 웃기 시작했다.

그대고 바위 위에 책상다리로 앉았다.

"정직하네. 거짓말을 하면 혼내줄 생각이었는데, 용서해줄게. 그리고, 불을 끈 건 나야. 이 주변에 볼일이 있었으니까 겸사겸사 해결했지."

겸사겸사?

나는 신경이 쓰여서 물었다.

"이런 숲속에 볼일이 있었다고? 사람도 안 사는데?"

여자아이는 손을 하늘하늘 흔들며 귀찮은 듯 말했다.

"이것도 우리의 일 같은 셈이니까. 너희는 좀 더 확실히 해줬으면 좋겠어."

말투가 신경 쓰인다.

미란다가 경계를 강화했다.

"우리가 뭘 하고 있었는지 안다고?"

무기를 들려고 하는 걸 내가 시선으로 제지했다.

여자아이는 히죽히죽 웃으며 우리를 바라봤다.

모르겠다. 이 아이는 뭘 아는 거지?

"너희 개개인에 대한 건 몰라. 하지만 나로서는 너희 인간이 좀 더 확실히 해줬으면 하거든. 인간은 던전을 언제까지나 방치하면 큰일이 벌어진다는 걸 언제가 되어야 학습하는 걸까?"

그 말은, 자신이 인간이 아니라고 말하는 거나 다름없었다.

평범한 아이가 허세를 부리는 것처럼 보이지는 않는다.

단숨에 경계를 강화하자, 에바가 여자아이에게 말했다.

"당신은 누구? —우리를 어쩔 셈이야?"

여자아이는 고개를 가로저었다. 조금 당황하고 있다.

"아, 착각하지는 마. 덮칠 생각은 없어. 나는 동족 중에서도 인간에게 특히 다정한 편이니까. 하지만 나쁜 짓을 하면 주의는 줘야 하잖아. 숲속에서 그런 힘을 쓰면 안 돼."

여자아이의 시선이 내게 쏠리고 있다.

내가 은색의 활을 써서 화재를 일으킨 걸 알고 있는 듯하다.

꿀꺽 침을 삼켰다.

"전부 알고 있었던 거냐?"

"보고 있었으니까. 성장한 라미아가 못된 짓을 하려고 해서 내가 퇴치할까 했거든. 하지만, 너에게 흥미가 생겼어."

여자아이가 내게 미소를 짓는 걸 보고 안도했다.

아무래도 적대하지는 않는 모양이다.

나는 세 사람에게 고개를 돌려서 고개를 끄덕여 경계를 풀고, 여자아이에게 물었다.

"너는 인간이 아닌 거냐?"

"응. 아니야."

싱글벙글 웃는 여자아이는 그 이상 말하지 않았다.

우리에게 가르쳐줄 생각은 없는 거겠지.

"불을 꺼줬으니까 감사는 해야겠지. 고마워. 뭔가 답례품을 주고 싶은데—"

뭘 줘야 할지 고민하고 있는데, 여자아이가 내 가슴팍을 가리켰다.

"그럼, 그걸 줘. 저항한다면 강제로라도 빼앗아갈 거지만."

조금 전과는 표정이 달라졌다.

낮은 목소리에 등골이 싸늘해졌다.

여자아이의 푸른 눈이 빛을 발했다.

웃음을 지우고, 무표정해진 여자아이는 나의 목걸이— 푸른 보옥을 응시하고 있었다.

에바가 의아한 듯 되물었다.

"라이엘의 펜던트를?"

미란다가 나를 감싸듯이 앞으로 나왔다.

"미안하네. 이건 그의 가보야. 그러니까 다른 걸로 해줬으면 좋겠어. 가능한 한 소망에는 응해줄 테니까—"

이야기를 돌리려 했지만, 여자아이는 용납하지 않았다.

"불을 뒤처리해준 감사 같은 건 아무래도 좋아. 나는 네가 가진 그걸 원해. 그리고, 이번에는 내가 질문할까— 어째서, 그 안에 내 은인이 갇혀있는 걸까?"

그 말을 듣자, 보옥 안의 5대가 입을 열었다.

『—역시, 메이인 거냐?』

목소리가 들려왔는지, 여자아이가 눈을 크게 떴다.

그리고, 이마에서 황금색 뿔이 솟아나듯이 나타났다.

빛나는 황금색 뿔.

나무가 사라져서 탁 트인 곳에, 달빛이 내리쬐었다.

그 안에 선 여자아이는, 우리에게 적의를 보이고 있었다.

제94화 5대와 기린 메이

"뿔이 나왔다? 혹시 마물이야?"

"심한 오해네. 하지만, 정정은 나중이야."

단창을 든 아리아가 여자아이의 표변에 경악했다.

그저 화가 난 게 아니다.

나보다 연하로 보이는 여자아이가 뭐라 말 못 할 위압감을 발하고 있다.

에바와 미란다는 이런 이질적인 광경에 놀라면서도 무기를 손에 들었다.

세 사람 모두 반응이 빠르다.

그런데도, 여자아이는 우리와의 거리를 단숨에 좁혔다.

미란다가 황급히 나이프를 던졌지만, 그걸 보지도 않고 손가락으로 잡아버렸다.

에바 쪽은 활을 들기도 전에 자전(紫電)이 튀기며 화살통이 파괴되었다.

여자아이는 두 사람에게 말했다.

"가만히 있어 주겠어? 지금의 나는 화가 났거든."

내 앞까지 온 여자아이가 보옥을 응시했다.

4대가 당황했다.

『이건 대체 어떻게 된 겁니까? 우리의 목소리가 라이엘이 아닌 누군가에게 들리다니, 지금까지는 있을 수 없었어요.』

이것도 보옥이 불안정해진 탓인가?

사브르를 뽑아서 베자, 손을 수평으로 휘두른 여자아이가 간단히 부러뜨려버렸다.

부러진 칼날이 공중을 날며 지면에 떨어져 꽂혔다.

여자아이가 내 가슴팍— 보옥으로 손을 뻗어왔기에 뒤로 물러났다.

뻗은 손으로 허공을 움켜쥔 여자아이는 나를 보며 중얼거렸다.

"뭘 했지? —프레더릭스에게 뭘 했어?"

미란다가 새로운 무기를 들며 말했다.

"프레더릭스라니—"

먼저 눈치챈 건 에바다.

"라이엘의 선조님 아니야?"

에바에게는 예전에 역대 당주들에 대한 노래를 만들기 위해 이것저것 전했다.

그래서 금방 떠올린 거겠지.

여자아이는 나를 빤히 바라봤다.

"흐~응. 자손인가. 어딘가 닮기는 했네. 하지만, 그렇다고 해서 프레더릭스를 가둬놓은 건 용서할 수 없네."

"잠깐! 이야기를 들어. 이건—"

내가 설명하기도 전에, 보옥 안의 5대가 외쳤다.

『메이. 듣고 있다면 이야기를 들어라! 나는 갇혀있는 게 아니야. 너는 라이엘과 싸워서는 안 돼!』

그런 5대의 목소리는— 닿지 않았다.

정확하게 말하자면.

"프레더릭스의 마력이 느껴져. 내게 뭔가를 전하려 하고 있어."

내용이 전혀 전해지지 않았다.

『안 됐잖습니까!』

4대가 5대에게 따졌다.

뭔가 외쳤다는 건 아는 모양이지만, 그것만으로는 오해가 풀리지 않는다.

『―거짓말이지?』

목소리가 닿지 않은 것에 경악한 건 5대였다.

『5대. 저질러버렸네.』

3대가 그렇게 말하자, 5대는 곤란한 목소리로 답했다.

『―이대로 보옥을 빼앗기면 큰일이 벌어져. 기린에게서 보옥을 도로 빼앗는 건 거의 불가능해.』

보옥은 나와 마력적인 연결이 있다.

그건 아무리 거리가 멀어져도 유지된다고 하지만, 거리가 너무 멀어지면 아츠를 쓰지 못하게 된다고 한다.

그리고, 마력적인 연결을 유지하기 위해 마력 소비량만이 늘어난다.

여기서 빼앗긴다면, 정말로 그냥 저주만 받는 아이템이 되고 만다.

"그게 아니야. 이건!"

"싫어."

여자아이가 돌려차기를 날렸다.

팔을 굽혀서 가드하며 받아내자—.

"커헉!"

—위력을 미처 죽이지 못하고 그대로 날아갔다.

"라이엘! —이게!"

미란다가 여자아이를 베고 들어갔지만, 춤추는 듯한 움직임으로 피해버렸다.

곧바로 반격해온 여자아이에게서 거리를 벌린 미란다는 무기를 버리고 양손에서 실을 꺼냈다.

그걸 보자—.

"너는 조금 성가시네. 그러니까 조금 자고 있어."

에바는 나대를 손에 들었지만, 근접전으로는 이기지 못한다고 생각했는지 내게 달려왔다.

"라이엘. 설 수 있어?"

"괘, 괜찮아. 위력을 죽이기 위해 날아간 거니까."

허세를 부려봤지만, 발차기를 받아낸 팔은 저릿했다.

—너무 세잖아.

에바의 도움을 받아 일어나자, 여자아이가 우리를 바라봤다.

"놓치지 않아."

여자아이는 미란다를 무시하고 이쪽으로 오기 위해 지면을 박찼다.

그러나, 그 뒤에서 미란다가 미소를 지었다.

미란다의 실이 지면에 박혀있는 것처럼 보인다.

"무르네."

지면에서 흙으로 만든 손이 여섯 개 뻗어 나와 여자아이의 팔이나 다리를 잡았다.

"이 정도로 내가 멈출 것 같아?"

"한순간이면 돼. 한순간이라면—."

흙으로 만든 팔을 억지로 파괴하고 풀려난 여자아이를 향해, 이번에는 아리아가 덤벼들었다.

단창을 옆으로 들고 돌격해서 여자아이를 밀어내서 그대로 근처 거목에 밀어붙였다.

"—아리아가 어떻게든 해줄 테니까."

사람이라면 견디지 못할 일격을 맞은 여자아이가 눈을 크게 떴다.

"놀랐어. 굉장히 빠르네. 하지만, 이것만으로는—."

"그래. 이것만으로는 부족하겠지."

아리아가 그렇게 말하면서 즉시 그 자리를 벗어났다.

여자아이의 몸에 미란다가 꺼낸 실이 휘감기면서 거목에 묶여버렸다.

미란다는 그대로 쉬지 않고 골렘을 몇 대씩 만들어냈다.

팔만 있는 골렘이 여자아이와 거목을 함께 붙잡았다.

"특별제야. 간단히는 빠져나갈 수 없어."

형세가 역전되자, 아리아가 나를 봤다.

"라이엘!"

뭘 말하고 싶은지는 알겠다.

내가 끝장을 내기를 바라는 거겠지.

그러나, 보옥 안에서 5대가—.

『이, 이봐, 잠깐! 메이는 죽이지 마! 저 아이는 기린이야! 귀여운 아이라고!』

착란에 빠진 5대의 목소리가 들려왔지만, 6대가 억지로 입을 틀어막았다.

『입 좀 다무시죠. 라이엘, 여기는—.』

나는 고개를 끄덕이고, 세 사람에게 말했다.

"다들— 도망치자."

"—어? 왜 도망치는 거야!"

아리아는 여기서 끝장을 낼 작정이었던 모양이지만, 나는 곧바로 도망을 선택했다.

기린이라니— 나보고 어쩌라는 거야.

—라이엘 일행이 도망친 뒤.

남겨진 기린 메이는 거목에 사로잡힌 채 고개를 숙이고 있었다.

"—프레더릭스를 구해야 해. 겨우 만났어. 나는— 프레더릭스를 구하지 않으면 안 된다고."

푸른 눈이 빛나자, 거목을 누르고 있던 골렘의 팔이 터졌다.

미란다가 만든 튼튼한 실을 억지로 찢은 메이가 천천히 걸어가자, 입고 있던 의복이 늘어나면서 몸을 감쌌다.

그대로 사람의 모습에서 말로— 하얀 비늘을 가진 황금의 갈기를 흔드는 기린의 모습으로 돌아왔다.

이마에서 뻗어 나온 뿔에서 보라색 번갯불이 빠직빠직 소리를 냈다.

"용서 못 해. 프레더릭스에게 못된 짓을 하는 녀석은, 절대로 용서 못 해!"

메이가 지면을 박차자, 폭발하는 듯한 소리가 주변에 울렸다.

흙이 공중에 치솟았고, 동시에 메이도 공중으로 날아올랐다.

메이는 전속력으로 하늘을 달려서 라이엘 일행을 찾아다녔다.

메이가 달려간 뒤에는 바람이 불어와서 숲의 나무들이 흔들리며 소리를 냈다.

"어디로 도망치더라도 반드시 찾아내겠어!"

라이엘 일행은 뜻밖에도 기린인 메이에게 쫓기게 되어버렸다—.

여전히 숲속.

우리는 적당하게 움푹 파인 홈을 찾아내서 안으로 들어가 풀이나 나뭇가지로 덮고 숨어있었다.

기린이 하늘을 날고 있는지, 때때로 바람이 강하게 분다.

에바가 작은 목소리로 물었다.

"저기, 혹시— 저 아이는 기린 아닐까?"

아리아가 어이없는 소리를 냈다.

"어디를 봐도 여자아이잖아. 인간이야."

"아니, 변신했다거나 이것저것 있잖아. 아~, 떠올랐다. 기린이 여성으로 변해서 한 남자를 사랑한 이야기가 있었어."

"동화잖아?"

"가능성은 부정할 수 없잖아."

동화에 기린이 나오는 모양이다.

미란다가 말했다.

"만약 기린이라면 신수를 화나게 했다는 게 되겠네. 라이엘—이 아니라, 라이엘의 선조님이 뭘 한 거야? 굉장히 화를 내던 것 같은데?"

당연하지만, 세 사람은 메이의 이야기를 이해하지 못했다.

내가 5대를 붙잡아두고 있다고 해도 무슨 소리인지 모르겠지.

에바가 한탄했다.

"최악이야. 기린에게 쫓기다니 최악이라고. 기린을 화나게 한 이야기는 많이 알고 있는데, 모두 멀쩡하게 끝나지 않았어."

미란다가 에바를 도발했다.

"그럼 혼자서 도망치지 그래?"

"너, 진짜 싫은 녀석이네. 그리고 절대로 싫어. 나는 라이엘에게서 안 떨어질 거야."

이유를 모른다면 두근두근할지도 모르는 말이다.

나를 노래 소재로 삼고 싶어서 따라온다는 사정을 알고 있으니 기쁘지는 않았다.

지금, 우리는 움푹 파인 홈 안에서 흙까지 뒤집어쓰고 주변에 녹아들어 있다.

네 사람이 엎드려서 몸을 맞대고, 기린이 어딘가로 가기를 기다리는 중이다.

　그러나 숲의 상공을 날아다니는 모양이라 떨어질 기색이 없다.

　보옥 안에서도 말다툼이 이어졌다.

　『메이는 착한 아이야.』

　『하지만, 라이엘을 노리고 있잖아?』

　5대가 중얼거리자, 3대가 차가운 반응을 보였다.

　『그 아이에게도 이유가 있어.』

　『그러니 보옥을 빼앗겨도 좋다? 라이엘 일행의 목적을 잊고 있지 않습니까?』

　4대도 차가웠다.

　『이야기해보면 알 거야!』

　『목소리가 닿지 않으니 이야기할 수도 없지요.』

　6대는 어이없어했다.

　『너희들. 좀 더 진지하게 생각하라고!』

　『해답은 나와 있습니다. 쫓아온다면 싸울 수밖에 없지 않습니까. 앞으로 기린에게 계속 쫓길 바에는, 여기서 상대해주는 것도 좋겠죠. ―쏟아지는 불똥은 걷어내야 합니다. 5대.』

　7대는 이런 상황에서는 쓰러뜨릴 수밖에 없다고 말한다.

　쓰러뜨릴 방법이라면 있다.

　근접전으로 끌어들이고, 은색의 대검을 꽂아 넣으면 된다.

　힘의 차이는 있지만, 그거라면 어떻게든 되겠지.

　은색의 대검으로도 어떻게 하지 못한다면, 거기까지다.

『─라이엘. 메이는 착한 아이야.』

『이 녀석. 우리를 설득하지 못한다는 걸 아니까 라이엘을 꼬드기려고 하고 있잖아.』

5대를 이 녀석이라 부르는 6대는 꽤 희귀했다.

평소의 5대와 달리, 어딘가 필사적인 모습이다.

『그 아이를 주운 건 숲속이었어.』

『이봐, 무시하지 마! 자, 잠깐, 팔은 그쪽으로 구부러지지 않─ 흐갸아아악!』

6대의 비명이 들렸고, 잠시 뒤 보옥 안이 조용해졌다.

그리고, 5대는 기린과의 과거를 이야기하기 시작했다.

─프레더릭스가 기린과 만난 건 숲속이었다.

대군을 상대로 전쟁을 나가 승리한 프레더릭스는 진흙이나 피로 범벅이 되어있었다.

부하의 안내를 받아 숲속으로 찾아왔다.

숲속에 만들어진 야영지.

그곳에 있는 식량에 손을 댄 것이─ 다친 기린이었다.

부하가 곤란해했다.

상대는 기린.

행운을 부른다는 짐승이지만, 여기에 와서 힘이 다했는지 움직이지 못하고 있었다.

"아직 어리군."

"어떻게 할까요? 저 상태로는 치료도 해줄 수 없습니다."

부하인 기사들이 접근하려 하자, 기린 아이는 작은 뿔을 내밀며 위협했다.

깊은 상처를 입었는데도 뿔에서 빠직빠직 빛을 발하며 적의를 보이고 있다.

목 주변을 다쳐서, 치료하지 않으면 죽을지도 몰랐다.

"물러나라. 내가 하지."

"위험합니다. 프레더릭스 님!"

프레더릭스는 부하가 말리는 것도 듣지 않고 기린 아이에게 다가갔다.

기린 아이는 프레더릭스를 공격했다.

마법의 전격이 프레더릭스를 덮쳤지만, 그걸 견디면서 치료했다.

"기운이 좋구나. 이러면 금방 낫겠지."

기린 아이가 공격을 멈추자, 프레더릭스는 그대로 상처를 씻겨주고 약을 발랐다.

붕대를 감아주고 기린의 상태를 살폈다.

"일어날 수는 없겠군. 짐마차에 실어서 저택으로 데리고 돌아갈까."

프레더릭스의 말을 듣자, 부하 한 명이 흥분했다.

"프레더릭스 님께서 기린을 손에 넣으셨다! 이걸로 월트 가의 번영은 약속된 거나 다름없군요!"

프레더릭스는 냉정하게 답했다.

"영지를 발전시키는 건 나와 너희의 일이다. 다른 것에 의존

하지 마라. 그리고, 이 아이에 대한 건 발설을 금한다.”

부하들이 곤혹스러워하는 가운데, 프레더릭스는 기린 아이에게 말을 걸었다.

“금방 좋아질 거다. 걱정하지 마라.”

그대로 저택으로 데리고 돌아온 프레더릭스는 기린을 돌봐주게 되었다―.

『―다정한 아이고, 다가가면 언제나 뺨을 문질러댔어. 헤어질 때도 힘들었지. 몇 번이나 이쪽을 돌아봤다고.』

5대가 동물 관련 이야기를 하면 말이 많아지는 건 예전부터 어렴풋이 알고 있었다.

그러나 이번에는 평소보다 감정이 담긴 것 같다.

때때로 감정이 벅차올라 울먹이는 목소리라니, 평소의 5대에게서는 상상도 할 수 없었다.

나는 보옥을 움켜쥐고, 손끝으로 굴렸다.

부정의 신호다.

그러자 5대가 외쳤다.

『너도 귀신이냐!』

애초에, 지금의 내게 메이를 구한다는 선택지는 없다.

내가 쫓기고 있고, 목숨의 위협을 받고 있으니까.

전력으로 도망치거나, 전력으로 싸운다는 양자택일밖에 없다.

지근거리라면, 은색의 대검으로 일격을 넣는다.

원거리라면, 은색의 활로 저격한다.

이기려면 이 두 가지밖에 없다.

아리아가 고민에 잠긴 나를 손으로 흔들었다.

"라이엘. 이제 어떻게 할 거야? 평소처럼 쓰러뜨릴 거야?"

아리아의 시선은 보옥을 보고 있었다.

반면 에바는 반대했다.

"안 돼! 재수 없는 소리는 하지 마."

에바는 기린과 싸우고 싶지 않은 모양이다.

그건 미란다도 동감인 것 같았지만…….

"―기린은 집단으로 행동한다고 들었어. 보인 건 그 아이만 이지만, 다른 동료가 있으면 성가셔. 가능하다면 어떻게든 도망치고 싶어."

그 순간, 메이가 상공을 달려갔다.

나무들이 돌풍에 맞아 격하게 흔들렸다.

"저것에서 도망칠 수 있을까?"

하늘을 자유롭게 날아다니는 상대에게서 어떻게 도망치라는 거야?

은색의 대검이나 활을 좀 더 능숙하게 사용했다면 죽이지는 않고, 부상을 입혀서 도망친다는 선택도 있었겠지만― 지금은 무리다.

힘을 뺐다가는 내가 죽어버릴 것 같기도 하고.

한동안은 움직일 수 없을 것 같다.

또 밤에 이동해야 하나 고민하고 있는데, 5대가 묘안을 떠올렸다는 목소리로 외쳤다.

『라이엘. 「그거」다! 지금이야말로 그걸 쓸 때야!』

나는 지면에 이마를 눌렀다.

"—그거라니."

가능하면 쓰고 싶지 않은 나의 아츠.

2단계를 발현한 건 좋지만, 쓰는 건 주저하게 되는 아츠였다.

『지금 쓰지 않고 언제 쓰려고! 너라면 할 수 있어! 그거라면 내가 직접 메이를 설득할 수도 있어.』

5대가 평소보다 뜨겁다.

옛날에 돌봐주던 기린을 위해 얼마나 진심인지 알 수 있다.

그러나, 내 마음도 생각해줬으면 좋겠다.

나의 2단계 아츠는 사용하기 위한 조건이 너무 무겁단 말이지.

아리아가 나를 다시 흔들었다.

"잠깐. 왜 그래? 갑자기 그거라는 말을 꺼내다니."

입을 손으로 눌러서 목소리를 낸 걸 후회했다.

의미는 없지만, 경솔했다고 생각한다.

그보다, 숲에 들어온 지 며칠째지?

꽤 피곤했다.

체력적, 그리고 정신적으로도 소모되었다는 걸 잘 알 수 있었다.

"아니, 어떻게든 할 수 없나 고민하고 있었어. 응, 내 아츠는 말이지— 잘 쓰면, 이 상황을 돌파할 수 있을지도 몰라."

"그럼 처음부터 말했어야지. 너는 입 다물고 있는 게 많단 말이야. 당장 아츠를 써서 해결해줘."

아리아가 작은 목소리로 화를 냈지만, 나는 고개를 돌렸다.

미란다는 그런 내 모습이 신경 쓰였던 모양이다.

"라이엘의 아츠는 확실히─."

나의 아츠는 1단계가 「익스피리언스」라고 하는 상시 발동형 아츠다.

「성장」이 빨라진다는, 거짓말인지 진짜인지 알 수 없는 아츠다.

원래 아츠라는 건 3단계로 구분된다.

발현할 때가 제1단계.

더 큰 효과를 발휘하고, 응용하기도 좋아지는 게 제2단계.

제3단계는 자신의 아츠가 도달한 궁극형이다.

단계가 올라가면서 더 강해지고, 편리해진다고 생각하면 된다.

클라라처럼 특수한 경우도 있다.

발현해도 단계가 없는 타입이다.

그리고, 내 경우는─.

"거의 다른 아츠야. 특수한 타입이었던 모양이야."

에바가 호기심으로 가득한 목소리로 끼어들었다.

"특수한 타입? 조금 흥미가 가네. 그보다, 이 상황을 돌파할 수 있다면, 라이엘의 아츠를 의지하고 싶어. 기린을 죽이는 건 안 돼."

그런 에바를 무시한 미란다가 내게 아츠에 관한 자세한 설명을 요구했다.

"하지만, 낌새를 보니 문제가 있는 거 아냐? 아츠에도 이것저것 있으니까, 조건이 갖춰지지 않으면 쓰지 못하는 타입도 있다고 들었어."

원칙적, 아니 일반적으로 아츠는 한 명당 하나만 발현한다.

그걸 생각하면, 2단계에서 다른 종류의 아츠가 발현한 나는 이득을 본 걸지도 모른다.

1단계는 효과가 있는지도 모르겠지만, 2단계는 확실하게 효과가 있다.

조건을 채우면 사용할 수 있다.

세레스와 싸우겠다고 결심한 날, 나를 인정한 듯이 2단계가 해방되었다.

그러나, 해방된 아츠가 참 너무했다.

발현하면, 본인은 이름과 사용 방법을 알 수가 있다.

번뜩이듯이 머릿속에 떠오르는데—.

"아츠의 이름은 【커넥션】. 타인과 의사소통을 할 수 있는 아츠야."

내 설명을 듣자 아리아가 고개를 갸웃했다.

"그것뿐?"

좀 더 굉장한 일을 할 수 있으리라 여긴 거겠지.

실망한 기색이었다.

미란다가 자세히 캐물었다.

"자세하게 듣고 싶네. 어떻게 의사소통이 가능한 거야?"

"내 아츠의 유효 범위 안이라면 떨어져 있어도 대화가 가능해. 말이 직접 머릿속에 닿는다고 생각하면 돼. 목소리가 닿지 않는 거리에서도 말할 수 있어. 시각 정보의 공유도 가능하다고— 생각해."

미란다는 입을 다물었지만, 그 눈은 묘하게 활기찼다.

미란다는 내 아츠가 얼마나 굉장한지 즉시 알아챈 모양이다.

그러나, 내 석연치 않은 태도를 본 에바가 퇴짜를 놓았다.

"발현한 아츠는 확인해야지. 사용법을 잊어버리는 사람도 드물게 있단 말이야. 그런 건 아깝잖아."

—시험해보고 싶어도 못 했다.

이유?

의사소통을 할 상대와 사전에 해야 하는 일이 있다.

누구나 가리지 않고 연결되는 편리한 아츠라면 고민하지도 않았다.

모두에게 가르쳐주기도 했을 거다.

"무리야."

"어째서?"

에바가 화를 내며 이유를 물었기에, 순순히 조건을 가르쳐 줬다.

"—커넥션을 쓰는 상대와 사전에 어떤 걸 할 필요가 있어. 그러지 않으면 서로를 마력으로 잇는 라인이 연결되지 않아. 그리고 그 라인이 한 번 끊어지면, 접속하기 위해 똑같은 일을 할 필요가 있어."

마력으로 만들어진 가느다란 실 같은 선이 서로를 잇는다고 생각하면 된다.

모니카와 마찬가지다.

그 녀석의 경우는, 끊어지더라도 특별한 행동을 할 필요 없이 금방 연결되지만.

그건 편리하기도 하지만, 왠지 나를 놓치지 않겠다는 듯이 옭아매는 느낌이 드는 건 기분 탓일까?

에바는 잠시 고민하다가, 이윽고 엘프의 긴 귀까지 빨갛게 물들어서 중얼거렸다.

"어, 아— 그건 혹시."

아리아는 알아채지 못한 모양이다.

"뭔데? 빨리 그 조건을 가르쳐줘. 그런 편리한 아츠를 안 쓰다니 아깝잖아."

아리아가 당연한 감상을 남기자, 미란다는 의미심장하게 미소 지었다.

"아리아는 바보네. 샤논과 좋은 승부를 할 수 있겠어."

"어, 어째서 그렇게 되는데."

"라이엘이 그런 편리한 아츠를 쓰지 않는, 그리고 우리에게 가르쳐주지 않은 이유를 생각해봐. 그 마력의 라인을 잇는 「행위」에 문제가 있다고 생각하지 않아?"

아리아는 귀까지 빨개진 에바를 보더니, 서서히 자기 얼굴도 빨개졌다.

"그, 그건 혹시—"

나는 결의를 다지고, 세 사람에게 아츠 사용 조건을 가르쳐줬다.

"그래, 키스야."

"어?"

"어? 그, 그쪽이야?"

에바와 아리아는 갑자기 놀랐지만, 미란다 쪽은 「어머, 유감」이라고 말했다.

무슨 뜻이야?

"—그 정도로 아끼지 말라고. 착각해버렸잖아."

에바가 화를 내자, 나는 당혹스러울 수밖에 없었다.

"그치만 키스잖아. 가벼운 게 아니라, 좀 더 어른의 행위를 해야 하는데?"

"아~, 그건 좀 고민되네. 뭐, 확실히 말할 수는 없을지도?"

미란다는 웃고 있었다.

"상관없잖아. 나는 환영할게. 라이엘, 나하고 시험 삼아 연습해보지 않을래?"

그러면서 들이대는지라 몸을 틀어서 도망치려 했지만, 여기서는 움직일 수가 없다.

"아, 안 돼. 키스 같은 건 좀 더 소중히 여기지 않으면 안 된다고— 생각해."

에바가 히죽히죽 웃었다.

"의외로 풋풋하네. 그건 그렇고, 문제는 그 아츠로 의사소통한다고 해서 이 상황을 해결할 수 있어?"

나 자신의 아츠다.

내가 가능하다고 생각하는 건 가능할 거다.

보옥 안에서 목소리가 들렸다.

『맡겨둬. 라이엘과 메이가 연결되면, 이후에는 내가 설득하겠어.』

"연결만 된다면 어떻게든 오해는 풀릴 거야."

―5대에게 달렸지만.

내 아츠로 연결된 경우, 보옥과도 연결될 거다.

감각으로 봐선 가능하다고 생각한다.

아리아가 고민에 잠겼다.

"잠깐 기다려? 그건, 라이엘이 그 아이랑 키스를 해야 한다는 거지? 애초에, 그게 가능해?"

그래! ―그게 어려운 거다.

내가 머리를 감싸 쥐자, 세 사람도 복잡한 표정을 지었다.

키스하지 않으면 쓸 수 없다니, 내 아츠는 너무 독특하잖아.

―메이는 상공을 달리면서 눈을 부릅뜨고 지상을 바라봤다.

묘한 움직임이 보이면 지상으로 내려와 확인한다.

많은 경우, 그건 마물이나 동물들이었다.

던전에서 나와서 힘이 남아돌아 날뛰는 마물도 있었지만, 모두 일격으로 쓰러뜨리고 하늘로 돌아가는 행동을 반복했다.

"어디야― 어디에 있어."

은인인 프레더릭스를 구하기 위해, 메이는 혈안이 되어 찾아다녔다.

그러자, 숲속에서 프레더릭스의 강한 기척이 느껴졌다.

"프레더릭스!"

공중에서 방향을 억지로 바꿔 지상을 향해 내달리자, 메이의 몸에 번개가 휘감기며 밤하늘을 밝게 비췄다.

그대로 격돌하듯이 착지하자, 지면은 파여 있었다.

주변 초목이 날아가고, 숲속에 구멍이 뻥 뚫렸다.

날아오른 흙먼지가 걷히자, 흙으로 더러워진 라이엘의 모습이 그곳에 있었다.

"거치네. 보옥이 망가지면 어쩌려고?"

농담조로 말한 라이엘과는 달리, 메이는 날카로운 시선을 보냈다.

"보옥? 어디서 들은 기분이 드네. —아니, 맞다. 떠올랐어. 그 푸른 보석 같은 돌은, 아츠를 기억하는 도구야. 프레더릭스도 갖고 있었어."

과거, 프레더릭스의 목에 걸려있던 푸른 옥.

장식이 달려서 겉모습은 달라졌지만, 그것만은 아니다.

"알아채지 못했어. 완전히 다른 물건이잖아."

"그래. 조금 편리해졌다고 해야 하나, 저주받은 아이템으로 격상되어 버렸거든."

메이는 기린의 모습에서 사람의 모습으로 변했다.

인간형이 된 메이는 라이엘을 노려봤다.

"저주받았다? 그걸로 프레더릭스를 가둔 거야? —너희 인간은 가족에게 너무 차가워."

라이엘은 그런 메이의 말에 반박했다.

"가족에게 차가웠던 건 5대— 프레더릭스야."

메이는 라이엘의 착각에 짜증을 냈다.

"아무것도 모르네. 아니면, 대를 거듭하면서 잊어버린 걸까? 프레더릭스는 가족에게도 굉장히 다정한 마음을 품고 있었어."

라이엘의 표정은 의문을 품은 것처럼 보였다.

그러나, 메이와는 상관없다.

"너는 뭔가 알고 있는 걸까? 만약 프레더릭스를 풀어준다면, 목숨까지는 빼앗지 않겠다고 약속할게."

기린과 인간 사이에는 커다란 역량 차이가 있다.

생물로서의 격이 다르기 때문이다.

메이가 거만한 시선으로 말하자, 라이엘은 진지한 표정을 보였다.

"―이미 알고 있잖아? 5대는 죽었어. 프레더릭스는 죽었다고."

그 말을 듣자, 메이는 격양해서 이마에서 뿔을 꺼냈다.

몸에서 번갯불이 발생하며 주변에 빠직빠직 소리를 냈다.

"―말하지 마."

"대를 거듭한다고. 우리 인간은 너희 기린보다 단명해. 그러니까―."

"말하지 마아아아!"

메이가 외치자 동시에 번개가 주변에 떨어졌다.

나무가 날아가고, 주변의 피해는 확대될 뿐이었다.

그런 메이에게 라이엘은―.

"―만나게 해줄까?"

달콤한 유혹을 건넸다.

메이도 프레더릭스는 이미 죽었고, 만나지 못한다는 건 알고 있었다.

그러나, 프레더릭스의 기적이 바로 저곳에 있다.

참을 수 없었다.

"어?"

번개가 멈추고, 주변에 타버린 나무 냄새가 가득 찼다.

빠직빠직 타는 소리도 들린다.

"프레더릭스를 만나게 해주겠어."

"─저, 정말로?"

라이엘은 미소를 지었다.

"그래, 정말이야. 그 대신─ 키스를 해주지 않겠어? 가능하면 혀를 얽어주면 고맙겠어. 이봐, 잠깐, 잠깐! 농담이 아니야. 정말로 그러면 만날 수 있다고!"

메이는 조금 전보다도 격렬한 번개를 둘렀고, 뿔은 더욱 뻗어서 날카로운 형상을 이뤘다.

분노에 차서 혈관이 솟구치고, 손톱이 늘어났다.

"나를 바보로 봤구나. 프레더릭스를 이유로 속일 생각이었던 거야. 용서 못 해. 절대로 용서할 수 없어. 인간 주제에에에에!"

라이엘은 오른손으로 얼굴을 누르며 저질렀다는 표정을 지었다.

그러난, 바로 허리에 찬 사브르를 뽑아서 자세를 잡았다.

"원래부터 잘 풀리리라 생각하지는 않았어."

자신도 그 말처럼 진행되리라 생각하지는 않았다.

그건 즉, 메이가 자신을 바보 취급했다고 생각해주기만 하면 충분했다.

"너희는 우리를 신수라 부르는 모양이지만, 그 신수가 사람을 죽이지 않는다고 생각하지 마. 너는 프레더릭스의 자손이니까 용서해주려고 했는데— 너만큼은 절대로 용서 못 해. 갈기갈기 찢어주겠어!"

메이가 격노했다—.

제95화 커넥션

역시 화를 내고 말았다.

눈앞에서 미쳐 날뛰는 메이를 보며, 나는 사브르를 들었다.

보옥 안에서 어이없어하는 목소리가 들렸다.

『조금 더 전제를 확실히 두고 이야기해야지.』

『화나게 하려던 건가 착각하고 말았습니다. 이건 10점도 줄 수 없겠군요.』

『라이엘. 너 할 생각 있는 거냐!』

『5대가 다정했다? 아무래도 기린은 인간관계의 미묘함을 알아채지 못하는 모양이군.』

『그나저나, 훌륭하게 화를 돋우고 말았군요.』

아주 제멋대로 말하고 있지만, 언제나 이렇기에 방치했다.

애초에 난이도가 너무 높았다.

대체 어떻게 해야 「나한테 키스해라」를 성공시킬 수 있는 거야?

어떻게 생각해도 무리다.

아무리 잘 설명해봤자, 마지막이 「나한테 키스해」—이거여서는, 최종적으로 이야기가 탈선할 수밖에 없다.

"결국 힘으로 해결할 수밖에 없나."

번개가 멎고, 주변에 조용함이 돌아왔다.

폭음 후라서, 아무래도 귀가 먹먹하다.

메이의 말이 멀리서 들려오는 것처럼 느껴진다.

메이가 한 걸음을 내디디자, 다음 순간 내 눈앞에 와서 주먹을 들었다.

"큭!"

황급히 피하자, 메이의 주먹은 내 뒤에 있던 나무에 명중했다.

얻어맞아서 날아가는 나무를 보니 식은땀이 나왔다.

왼손으로 땀을 닦으며 일어나자, 메이는 천천히 고개를 내게 돌렸다.

"전력을 내지 못하는 건 괴롭네. 네가 가진 목걸이만 손에 넣으면 단숨에 잿더미로 만들어줄 텐데— 정말로 유감이야."

눈동자가 굉장히 차갑게 보인다.

감정이 없는 얼굴이라 몸이 떨린다.

기린의 힘— 인간의 모습이라도 우리 인간과는 격이 다르게 강하다.

그러나— 세레스 정도는 아니다.

"여기서 질 수는 없거든. 미안하지만, 보옥도 내줄 수 없어. 내 목적을 위해 필요하니까."

"그렇게 목적을 위해 타인을 희생하지. 너희는 언제나 그래. 구제할 도리가 없어."

메이의 말을 들은 5대는 슬퍼 보였다.

『메이. 무리하지 마라.』

5대— 메이보다도 내 걱정을 해줬으면 좋겠다.

메이가 내게 다가오다가, 바로 시야에서 사라졌다.

다음 순간.

『뒤다!』

5대의 말을 듣자마자 곧장 그 자리에서 굴러서 피하며 일어나자, 메이가 지면에 주먹을 내려치고 있었다.

눈만 나를 바라봤다.

"촐랑촐랑 도망쳐서 귀찮네."

주먹을 지면에서 뽑고 다시 모습을 감췄다.

5대가 내게 지시를 내렸다.

『라이엘. 기본적으로 눈앞에서 사라지면 시야 밖에서 온다고 생각해라. 아츠만 의지하다가는 판단이 늦어져. 내가 지시를 내리겠어.』

메이의 움직임을 미리 읽는 5대의 지시는 무서울 만큼 정확해서, 메이의 공격을 간단히 피할 수 있었다.

"어째서 이렇게 미리 읽을 수 있는 거죠?"

피하면서 묻자, 6대가 짜증을 내며 대답했다.

『이 기린에게 싸우는 법을 가르친 게 5대니까. 우리에게는 아무것도 가르쳐주지 않는데 말이지.』

이건 또 너무한 이야기가 하나 더 늘어났다.

5대가 불평했다.

『너의 체격으로 나처럼 싸우는 게 더 이상하잖아! 라이엘, 다음은 아래에서 온다. 메이 녀석, 옛날 버릇이 아직도 남아있어.』

메이는 기량이 아니라 힘으로 밀어붙이고 있었다.

눈이 익숙해졌다.

그리고 메이의 버릇, 아니 싸우는 방식도 알게 되었다.

호흡은 거칠어졌지만, 그래도 내게는 여유가 생겼다.

반면— 메이는 짜증과 초조감이 보이기 시작했다.

"어째서 내 공격이 안 맞는 거야. 어째서!"

나는 미소를 지었다.

"힘으로 밀어붙이고 있을 뿐이잖아. 기량은 낮네."

애초에 기린에게 격투기 기량 같은 건 필요 없겠지만, 메이는 어금니를 악물었다.

바보 취급을 받아서 화가 난 거겠지.

"너 같은 건— 프레더릭스가 훨씬, 훨씬 훨씬 강했다고!"

어린애답게 외치면서, 눈에 눈물이 고였다.

메이는 뛰어들면서 내게 돌려차기를 날렸다.

받아내면 내 몸이 버티지 못하니까, 종이 한 장 차이로 피해서 메이의 몸을 끌어안아 억누르려 했지만—.

"만지지 마아아아!"

그녀는 나를 억지로 내던져버렸다.

팔을 잡혀서 강제로 내던져진 나는 지면에 떨어질 때 낙법을 취했다.

일어나자마자 바로 앞에 메이의 손바닥이 보였다.

내 머리를 붙잡으려고 뻗어온 팔을 응시하며.

"이거라면!"

내 몸에서 푸른 불꽃이 뿜어져 나왔다.

초대의 아츠를 사용해서 전력으로 메이를 지면에 내던졌다.

메이는 낙법도 취하지 못하고 아연실색했다.

"—어째서. 내가 더 강한데."

5대의 슬픈 목소리가 들려왔다.

『메이. 나는 네가 이런 일을 하는 걸 바라고 무술을 가르친 게 아니야. 몸을 지키라고 가르친 건데.』

5대의 슬퍼하는 목소리가 들렸는지, 메이는 미간에 주름을 잡고는 그 자리에서 뛰어올라 내게서 거리를 벌렸다.

메이의 이마에서 뿔이 들어갔다.

그걸 본 5대가 외쳤다.

『라이엘, 피해라!』

메이가 내지른 주먹에는, 황금의 뿔이 돋아나 있었다.

"섣불리 피했다간 맞겠네."

날카로운 살기가 담긴 메이의 일격 앞에서, 나는 집중했다.

그리고—.

"워프."

중얼거리자, 7대의 아츠로 인해 내 몸은 단거리를 순간적으로 이동했다.

7대가 환희했다.

『라이엘, 용케 성공했구나! 어떠냐, 나의 아츠는 굉장하지!』

확실히 굉장하긴 한데, 이동할 수 있는 거리는 정말로 짧다.

무척 편리하기는 하지만— 문제점도 많은 아츠가 【워프】다.

메이의 뒤로 이동해서 공격은 피했지만— 이건 굉장히 지친다.

마력 소비량도 많아서, 지금의 나로서는 자주 쓸 수 없었다.

내가 순간적으로 눈앞에서 사라지자, 메이는 당황했다.

기세를 죽일 수 없어서 그대로 넘어지고는, 일어나서 눈을 크게 뜨고 나를 봤다.

메이는 공격이 빗나가자 당황했다.

"한순간에— 어떻게?"

사용하기 어려운 아츠지만, 성공해서 다행이다.

이건 허세로도 쓸 수 있을 것 같다.

"아츠지. 이게 옥이라는 걸 잊었어? 이것에는 프레더릭스만이 아닌, 역대 당주들의 아츠가 기억되어 있거든."

보옥을 과시하자, 메이는 이를 악물면서 다시 다가왔다.

그러나 경계하고 있는지 파고드는 게 얕다.

메이는 손에서 뻗은 뿔로 베고 들어왔다.

그 일격을 사브르로 흘려냈다.

부딪히면 간단히 부러지니까, 정말로 살짝 올려서 방향만 바꿨다.

그런데도 사브르에서 불똥이 튀기면서 부러지고 말았다.

"또 부러졌나."

사브르 자루를 버리고 경계하자, 메이가 베고 들어왔다.

그저 휘두를 뿐인 난폭한 참격은 세레스와는 달리 간단히 피할 수 있었다.

이 정도라면 세레스를 상대하는 게 훨씬 무섭다.

기린보다도 강한 세레스가 얼마나 인외(人外)인지 잘 알 수 있었다.

나는 오른손으로 보옥을 쥐었다.

『라이엘, 절대로 베지 마라! 알았지! 절대로야!』

나는 다짐을 받으려 하는 5대에게 마음속으로 「네, 네」 하고 중얼거리며— 은색의 대검을 꺼냈다.

보옥이 불안정해진 탓인지, 아무래도 평소보다 더 날뛰고 있다.

양손으로 자루를 움켜쥐고 있는데도 날뛰어대서 버티기 힘들다.

"뭐야, 그거. 몰라. 나는 그런 건 몰라!"

메이가 혼란스러운 기색이어서, 여유를 보여주며 설명했다.

"이게 보옥의 힘이야. 이 안에는 역대 당주들의 기억이 있어. 그게 대답이야."

메이는 납득하지 못했는지 내게 덤벼들었다.

대검을 다시 잡고, 칼의 배로— 후려치듯이 오른쪽에서 왼쪽으로 크게 휘둘렀다.

메이에게 맞지 않게 휘두른 일격은, 폭풍처럼 내 눈앞에 있던 나무들을 휩쓸어버렸다.

메이도 날아갔고, 바위에 부딪히더니 그대로 미끄러져서 지면에 주저앉았다.

나도 지금의 일격으로 대부분의 마력을 써버렸다.

초대가 남긴 은색의 대검은, 위력은 커도 마력을 송두리째 가져간다.

일격필살의 무기다.

은색의 대검을 보옥으로 되돌린 나는 몸에서 푸른 불꽃이 사라져가는 걸 느꼈다.

서 있는 것도 힘들다.

메이는 나를 보며 울고 있었다.

"어째서 지는 거야. 나는 강해졌어. 프레더릭스를 만나기 위해 강해졌는데— 그런데, 어째서!"

"너는 강했어. 하지만, 다음에 어떻게 움직일지 알면 대처할 수 있거든."

내 말을 듣자 3대가 웃었다.

『상대가 전력을 내지 못했던 것도 크긴 하겠지. 하지만 그걸 실행한 라이엘도 굉장하다고 생각해.』

보옥을 파괴하지 않으려고 힘을 조절하던 건 알 수 있었다.

메이는 고개를 가로저었다.

"그런 건 거짓말이야. 어째서 내 움직임을 미리 읽은 건데. 지금까지 이런 일은 없었어."

나는 납득하지 못한 메이를 향해 보옥을 잡아 과시했다.

"5대가— 프레더릭스가 가르쳐줬거든."

내 설명을 듣자, 메이는 고개를 가로저었다.

믿을 수 없다는 표정이었다.

"거짓말이야. 그런 건 거짓말이야. 프레더릭스가 나를 배신할 리가 없어. 약속했었어. 나는— 다시 만나자고 약속했었다고!"

울부짖는 메이는, 어느샌가 말투가 어려져 있었다.

『메이. 내가 잘못했다. ―라이엘, 전해줘.』

5대의 말을 메이에게 전했다.

"너에게 보내는 전언이야. 거짓말을 해서 미안하다. 헤어질 때, 네가 떨어지지 않으려고 해서 거짓말을 했다, 라는데."

메이는 눈물을 흘리면서 오른팔에 난 기린의 뿔을 내게 겨눴다.

"또 거짓말이지. 너희는― 프레더릭스의 가족은, 프레더릭스에게 차가웠어. 조금도 이해하려 하지 않았어! 이용하고, 불평만 하고― 너희가 하는 말 같은 걸 믿을 것 같아!"

"무슨 소리를―."

메이가 입은 옷이 크게 펼쳐지며 몸을 감싸더니 기린의 모습으로 돌아갔다.

아무래도 메이에게는 아직 체력이 남은 모양이다.

"나는 한계인데."

메이가 지면을 밟고, 얼굴을 숙이며 뿔을 겨눴다.

전력으로 내게 부딪혀서 날려버리려는 거다.

"보옥과 함께 날려버릴 셈이야?"

"―프레더릭스를 풀어줘야 해. 나는 은혜를 갚아야만 한다고. 그러니까― 그러니까, 기다려. 프레더릭스."

아무래도 안 들리는 모양이다.

나는 한숨을 내쉬었다.

"너, 잊은 거 아니야? 나는 혼자가 아니라고."

메이가 돌격해온 순간, 내 앞에 붉은색의 빛이 뛰쳐나왔다.

예리한 기린의 뿔을 받아낸 것은, 단창을 금속색으로 경화시킨 아리아였다.

메이에게 창을 휘둘렀지만, 오히려 경화한 단창이 부서졌다.

그러나, 덕분에 공격이 빗나가서 살았다.

아리아가 재빨리 나를 옆구리에 끼우고 그 자리에서 벗어나자, 메이도 조금 늦게 쫓아왔다.

나를 안은 아리아가 불평했다.

"아슬아슬했잖아! 왜 무리인데 미끼를 맡은 거야!"

"내가 아니면 맡을 수 없어. 너희라면 메이가 돌아보지도 않을 테니까."

"메이라니— 저 아이의 이름?"

숲속에서 재빨리 이동하는 아리아가 향한 곳은, 메이를 사로잡기 위한 곳이다.

도착하자, 그곳에는 이미 미란다와 에바가 대기하고 있었다.

두 사람이 숨어있던 곳을 나와 아리아가 지나가자, 조금 늦게 메이가 달려왔다.

지면을 박차는 소리가 무척 크다.

부딪히는 나뭇가지가 날아가고, 지면에는 발굽 자국이 선명하게 남았다.

"이후는 저 두 사람에게 맡기자."

내가 중얼거리자, 아리아가 걱정스레 돌아봤다.

"저 두 사람, 괜찮을까?"

―라이엘과 아리아가 지나갔고, 에바는 신호를 기다렸다.

두 사람은 마주한 채로 거리를 두고 숨어있었다.

미란다가 신호하자, 에바는 실을 강하게 당겨서 나무에 걸었다.

기린의 진로 방향에 미란다가 준비한 실로 만든 그물을 친 거다.

직후, 기린이 그물에 뛰어들었다. 장치를 설치한 나무가 삐걱삐걱 소리를 냈다.

간단히 부서지지 않게 몇 그루의 나무를 이용한 장치가 기린의 기세를 막았다.

그러나, 파괴당하기 직전이었다.

"이걸로 멈추지 않는다니, 기린은 대단하네."

에바는 이 모습을 가까이서 볼 수 있게 되어서 감사해야 할지, 기린을 화나게 한 라이엘을 책망해야 할지 고민했다.

그리고 바로 다음 작전을 시작했다.

"원망하지는 마."

마법을 사용해서 기린 주변에 흙벽을 만들어냈다.

기린이라면 이런 시간 벌기도 되지 않는 벽은 단숨에 날려버릴 수 있다.

그러나 하고 싶었던 건 사로잡는 게 아니다.

잠시라도 좋으니까 시야를 막는 것이다.

"음험녀!"

에바가 미란다를 불렀다.

"호칭이 너무하네."

미란다가 덤불에서 뛰쳐나온 동시에, 몇 대의 흙 인형이 기린을 향해 뛰어들었다.

기동형, 곤충형, 사람의 팔만 있는 골렘— 몇 대의 골렘이 기린을 억눌렀다.

기동형은 날카로운 이빨로 기린을 물어뜯었지만, 기린의 비늘에는 흠집 하나 가지 않았다.

미란다는 자신의 손끝에서 뻗은 실을 다루며 몇 대나 되는 골렘을 조작하고 있었다.

"또 붙잡아 줄게."

그러나 기린이 머리를 휘두르자, 흙으로 만들어진 골렘들이 부서져서 모래가 되어 무너졌다.

"—이 정도로 나를 잡을 수 있다고 생각하지 마!"

기린의 목소리는, 그때 만난 여자아이와 똑같았다.

"역시 그 아이가 기린이었나 보네."

에바는 놀라면서도 기린이 사람으로 변할 수 있다는 걸 알게 되어 기뻤다.

지식으로서가 아니라 실제 체험으로 얻은 것을 기뻐하면서 미란다에게 가세했다.

에바가 화살통의 물건을 던지자, 그게 지면에 닿아서 연기를 내뿜었다.

짙은 연기에는 심한 악취와 눈을 자극하는 약품이 사용되었다.

"우와, 여기까지 냄새가 나네."

냄새에 인상을 찌푸린 기린이 앞다리로 지면을 내리찍듯이 밟자, 바람이 불어와 단숨에 연기가 흩어졌다.

어이없이 끝났다고 생각했는데, 어느새 기린의 목에 실이 휘감겨 있었다.

끈적한 실은 미란다의 손과 이어져 있었다.

그 밖에도 골렘이 뛰쳐나온 곳에서 실이 뻗어있다.

원래부터 실을 붙이기 위해 골렘을 보낸 거였다.

"간단히 벗겨낼 수는 없어."

미란다가 실을 당기자, 기린은 목을 흔들었다.

미란다는 간단히 휘둘러서 공중을 날았다.

"너, 그렇게나 여유 부려놓고 간단히 휘둘리지 말라고!"

그 말을 듣고 짜증이 난 미란다가 공중에서 자세를 바꿨다.

실이 나무에 걸리자, 그곳을 기점으로 해서 진자처럼 공중에서 방향을 바꿨다.

자신의 손에서 뻗은 실을 떼어내고 새로운 실을 꺼내서 다시 기린의 목을 휘감았다.

"가만히 보고나 있어!"

기린은 그렇게 휘감긴 실을 풀기 위해 날뛰었다.

"이런 실 따위로!"

그러나 움직일수록 실이 더욱 휘감겼고, 그것만이 아니었다.

조금 전부터 파직파직 소리가 들렸다.

에바가 자신의 어깨에 떨어진, 폭신폭신한 실이 수없이 휘감긴 물건을 봤다.

　몸에 닿자 타올라서 사라졌다.

　이것도 미란다의 아츠다.

　타오른 순간, 상대의 마력을 빼앗는다.

　(이 여자, 역시 굉장하네.)

　만능형이고, 다재무능한 것 같으면서도 아무튼 공격 수단이 많다.

　그리고 의식하고 있는지는 모르겠지만, 라이엘이 노웸 다음으로 믿고 있는 게 미란다.

　(─하지만, 나는 역시 이 녀석이 싫어.)

　끈적한 실에 휘감기고, 마력을 생각처럼 다룰 수 없게 된 메이가 버둥거렸다.

　겨우 지면에 내려선 미란다는 어깨를 떨며 허덕였다.

　"어, 어때?"

　에바는 숲속을 날아다니면서 기린을 사로잡은 미란다에게 마음이 담기지 않은 박수를 보냈다.

　"축하해, 대단하네. 감동했어. 마치 거미녀 같네."

　미란다가 에바를 노려봤다.

　"한 마디 많아. 빨리 라이엘을 불러와."

　라이엘 일행의 작전은, 세 사람이 메이를 유도할 곳에서 함정을 준비하는 것이었다.

　그 사이에 시간을 버는 게 라이엘의 임무다.

　"이미 돌아왔어."

아리아가 라이엘을 옆구리에 끼워서 데려왔다.

한심한 모습의 라이엘은 무척이나 지친 기색이었다.

에바가 한숨을 내쉬었다.

"라이엘. 조금은 체면을 차려야지. 모처럼 끓어오르는 국면인데 마무리가 이상하잖아."

"나도 가능하면 그러고 싶어."

아리아에게서 내려온 라이엘은 메이에게 다가갔다.

메이는 위협하듯 으르렁거리며 라이엘에게 뿔을 겨눴다.

라이엘은 그런 메이에게 설득을 시작했다.

메이는 내게 적의를 보였다.

"이렇게나 했는데도 아직 기운찬 건가. 기린은 대단하네."

아리아는 메이를 경계하고 있다.

미란다도 마찬가지다.

에바는— 굳이 따지자면, 우리를 흥미롭게 보고 있다.

이후의 전개를 기대하는 기색이다.

7대가 미란다의 실에 휘감긴 메이를 보고 감탄했다.

『힘이 들어가지 못하도록 해서 사로잡은 건가? 라이엘이 약화시켰다고는 해도, 역시 고모님의 증손녀군.』

7대의 마음속에서 고모님— 미레이아 씨의 평가는 대체 어느 수준인 걸까?

6대의 말로는, 눈은 보이지 않았지만 마안을 가진 마음씨 착한 아이라고 했는데— 아무래도 7대의 감상은 다른 것 같다.

그보다도 지금은.

"이야기를 하자. 위해를 가할 생각은 없어. 단지 할 말이 있을 뿐이야."

메이는 콧김을 거칠게 뿜으며 나를 노려봤다. 흥분한 걸 알 수 있다.

얼굴을 들이밀면서, 다른 세 사람에게는 들리지 않게 속삭였다.

"프레더릭스가 이야기를 하고 싶다더라고."

그렇게 말하며 보옥을 메이 앞에 내밀었다.

5대가 말을 걸었다.

『메이, 한 번이라도 좋아. 라이엘의 말대로 해라. 너를 이 이상 상처 주고 싶지 않아. 너와 라이엘이 싸우는 걸 보고 싶지 않아. 부탁이니— 내 소원을 들어줘.』

그런 5대의 목소리가 닿았는지는 모르겠지만, 메이가 뿔을 천천히 집어넣었다.

그리고 내게 고개를 들었다.

"—뭘 하면 돼?"

"처음 이야기로 돌아가는데, 내게는 아츠가 있어. 커넥션— 의사소통을 가능케 하는 아츠야. 그걸 위해 마력의 라인이 필요해. 키스는 그 수단이지."

내가 하는 말이지만, 이건 믿지 않아도 어쩔 수 없다고 생각한다.

6대가 자주『상대를 속이기 전에, 자신을 속여서 믿는 거다!』라고 말하는데.

하지만 이건 무리라고 생각하게 된다.

메이는 한동안 고민하더니…….

"좋아. 사실은 프레더릭스와 키스하고 싶었지만."

"어? 그런 관계였어?"

보옥 안에서 5대가 질책을 받았다.

『어? 그 정도의 관계?』

『기겁하겠군요. 설마 동물에게 욕정하고 있었습니까?』

『내가 가출해도 어쩔 수 없다고 생각하지 않아? 그보다, 아버지의 성벽을 알게 된 나는 대체 무슨 표정을 지어야 하지?』

『이 자리에 있는 모두가 같은 마음입니다. 아무튼 일족이니까요. 저도 조부가 그런 취향이었다는 걸 알게 되니 놀라움을 감출 수 없군요.』

다른 네 명이 질책하자, 5대가 필사적으로 변명했다.

『멍청하기는! 그런 불순한 마음으로 동물을 돌본 적은 없어! 좀 더 순수한 마음이었다고. 게다가, 동물 중에는 입맞춤을 하며 인사하는 종류도 많아! 너희는 왜 히죽거리고 있는 거야! 내 이야기를 듣기는 하는 거냐!』

필사적으로 변명하는 5대를 놀리고 있는 거겠지.

그만두면 될 텐데, 5대도 울컥하니까 놀림감이 되는 거다.

메이가 나를 바라봤다.

"빨리 해."

"―어? 아아, 응. 근데 저기, 그게."

메이가 고개를 뻗어서 내 얼굴로 다가왔다.

―잠깐 기다려.

혹시, 그 모습으로 키스할 셈이야?

기린 모습으로?

생각과는 다르다.

내가 뭐라고 말하고 싶은지 짐작했는지, 아리아가 얼굴을 붉히면서 재촉했다.

"자, 빨리 해."

"아니, 그치만!"

미란다도 웃고 있지만, 거부는 용납하지 않겠다는 박력이 있었다.

"라이엘도 힘들겠네. 자, 빨리 끝내."

에바는 부족해 보였지만⋯⋯.

"사람으로 변한 기린과의 러브 로맨스도 버리기 힘들지만, 라이엘의 히로인은 노웸이 제일이지. 여기서는 기린 모습으로 키스할까."

세 사람이 재촉해서― 나는 기린의 모습을 한 메이와 키스하게 되었다.

5대가 화를 냈다.

『라이엘. 메이의 뭐가 불만인 거냐!』

나는 5대의 마음을 모르겠어.

메이의 혀가 내 입으로 들어왔는데, 쿨럭! 하게 됐다고.

메이의 커다란 혀가 입 안으로 들어와서, 뭐랄까― 이런 건

키스가 아니야.

하지만 나의 아츠는 그걸 키스로 인정한 모양이다.

마력의 라인이 연결되자, 메이가 풀썩 고개를 숙였다.

나도 무릎부터 무너지는 걸 아리아가 부축해줬다.

평소와 달리 강제로 보옥 안으로 들어왔다.

그곳은 원탁의 방이 아니라, 5대의 기억의 방이었다.

아무것도 없는 방 안에서 홀로 기다리던 5대가 미소를 지었다.

내가 아니라— 메이를 향하고 있었지만.

"프레더릭스!"

『많이 자랐구나. 메이.』

기린의 모습이었던 메이는 달려가더니 사람의 모습으로 변해서 5대에게 뛰어들었다.

나이에 맞거나, 그보다도 어린 말투를 쓰고 있다.

"나, 많이 자랐어. 강해졌어!"

『그래. 보고 있었어. 많이 자랐구나. 그리고 강했어.』

5대가 메이를 안고 머리를 다정하게 쓰다듬었다.

마치 아버지와 자식— 부녀지간 같잖아.

6대가 화를 내더라도 어쩔 수 없다.

"프레더릭스. 나는— 나는 약속을."

5대가 쑥스러워하며 뺨을 긁적이더니 메이의 어깨에 손을 올렸다.

『미안하다. 네가 내게서 떨어지려고 하지 않아서 거짓말을 했어. 그때 이제 두 번 다시 만날 수 없다는 건 알고 있었거든. 나는 알면서도 거짓말을 한 거다. 내 잘못이야.』

메이가 고개를 가로저었다.

"아니야. 내가 늦었던 게 문제인 거야. 나는— 나는 프레더릭스의 아내가 되어주겠다고 약속했는데."

그런 두 사람의 대화를 듣던 내가 「어?!」라고 말하자 5대가 거창하게 헛기침을 했다.

『아~, 그거 말이지. 기억하고 있어.』

5대의 기억에 호응해서 주변 경치가 변했다.

그곳은 6대가 보여준 동물 오두막이었다.

메이가 주변을 보고 놀랐다.

그리고 주변에 있는 동물들을 보면서 말했다.

"미켈— 게다가 안젤로에 마야도 있어. 제르토도 있잖아!"

눈을 반짝인 메이는 제르토라 불린 대형견에게 다가가 만지려 했지만— 통과되자 「아」 하고 외치며 굳어지고 말았다.

눈물짓고 있다.

『여기는 내 기억 속이야. 미안하지만, 만질 수는 없어.』

오두막 안에서 목소리가 들려왔다.

어린 아이— 메이가 다섯 살 정도의 모습으로 프레더릭스의 무릎 위에 앉아있었다.

굉장히 기뻐하고 있다.

동물들도 모여서 프레더릭스의 관심을 원하고 있었다.

"5대. 대인기네요."

『동물은 좋지. 마음이 씻겨지는 것 같아.』

"좀 더 가족을 소중히 했으면 좋았을 텐데."

내가 그렇게 말하자, 메이가 나를 노려봤다.

"프레더릭스를 괴롭히지 마! 다들 프레더릭스가 얼마나 괴로워하는지도 모르고 그렇게—"

『메이, 이제 됐어.』

메이는 뭔가 알고 있는 모양이었지만, 5대가 그 이후를 말하게 하지 않았다.

『알면서도 했어. 가족에게 차갑게 대한 건 나야. 책망하더라도 어쩔 수 없지.』

"하지만."

나는 5대에게 솔직하게 물었다.

"이유가 있었나요?"

5대는 동물에게 둘러싸인 자신의 모습을 보며 말했다.

『—엄마는 나를 낳은 뒤 사고로 아이를 낳지 못하게 되었어. 아버지는 엄마 외길이었고, 선대인 3대도 일찍 죽어서 아이가 한 명이었지. 아무튼 혈연이 적었어.』

3대의 아이는 한 명이었다.

시기가 좋지 않았기도 하지만, 젊은 나이에 전사했던 게 치명적이었다.

그 후에 뒤를 이은 4대도 아이가 한 명— 직계가 언제 사멸해도 이상하지 않았다.

5대는 운이 나빴다.

『아무튼 친족이 부족했어. 그래서 나는 가장 심플한 해결책을 골랐지. 산하 소영주들의 입을 다물게 하려면 혼인이 제일 간단하고 빨랐으니까.』

4대는 3대의 공적으로 남작이 되었고, 소영주들을 규합하는 지위에 올랐다.

그러나 어느 시대에서도 질투는 따라다닌다.

지금까지 동격이었던 상대가 출세했다.

그걸 용납하지 못했던 가문은 적지 않아서, 통치는 생각처럼 되지 않았다고 한다.

그러나 운이 좋은 건지 나쁜 건지는 모르겠지만, 직할지─월트 가의 영지는 발전했다.

『주변 남작가나 자작가, 그리고 더 상위인 백작마저도 우리를 적대했지. 벼락부자라며 바보 취급을 받아서 아군이 적었어.』

나는 예전부터 품고 있던 의문을 5대에게 던졌다.

"그─ 후계자 문제 같은 건 생각하지 않았나요?"

귀족에게 후계자 문제는 언제나 따라다니는 법이다.

가족이 많다는 건, 그만큼 분쟁의 씨앗이 많다는 걸 의미한다.

『고민한 결과, 그래도 아군을 늘리기로 했지. 실제로 성공했어. 나를 눈엣가시로 삼은 아이들이 규합되기도 했으니까. 네가 있다는 건, 나는 가문을 지켜냈다는 거야. 내 행동을 선악으로 판단한다면 틀림없이 악이겠지만.』

메이가 5대의 팔을 붙잡았다.

"프레더릭스는 나쁘지 않아. 게다가, 사실은—."

『나는 최저야. 그러니까 아이들에게 다가갈 수 없었지. 그것뿐이야.』

5대는 그걸 마지막으로 이 화제는 건드리지 않았다.

제96화 기린과의 약속

　5대의 기억의 방.

　그곳에는 메이와 보낸 프레더릭스의 나날이 재현되고 있었다.

　『프레더릭스 님. 기린은 번영의 상징이지만, 화나게 하면 위험하다고 들었습니다. 여기는 저에게 맡겨주시지요.』

　작업을 하던 프레더릭스는 동물 오두막까지 온 상인 남자에게 대답했다.

　『여기에는 아무도 접근하지 말라고 했다. 너도 우리 저택을 다니고 있다면 알고 있을 텐데?』

　『네. 하지만 이건 중요한 이야기인지라―.』

　『그런가. 약속을 지키지 않는 너의 가게와는 거래하지 않는 게 좋겠군. 끌고 가라.』

　프레더릭스의 부하들이 상인을 데려갔다.

　『기, 기다려 주십시오! 프레더릭스 님!』

　메이가 자기 방에서 고개를 내밀자, 프레더릭스가 미소를 지었다.

　『이제 괜찮다.』

　그 광경을, 5대도 메이도 그리운 듯 보고 있었다.

　나는 어이없어했다.

　"이 정도로 거래를 끊은 건가요?"

『그것만이 아니야. 적대하는 영지와도 거래하던 상인이었으니까. 우리의 정보를 팔고 있었으니, 관계를 끊을 생각을 하고 있었을 뿐이야.』

이유를 붙이고는 있지만, 동물 관련 일에서 5대를 믿을 수는 없다.

그리고 장면은 프레더릭스와 메이가 이야기를 나누는 부분으로 변했다.

어린 메이가 프레더릭스의 무릎 위에서 미소를 지었다.

메이는 활짝 웃으며 프레더릭스에게 선언했다.

『있잖아! 난 말이지. 장래에는 프레더릭스의 신부가 될래.』

그것은 아무것도 모르는 어린애의 소망이었다.

프레더릭스도 알고 있었는지, 웃으면서 대응했다.

『그래. 그건 기쁘구나. 하지만 메이는 어리니까 더 자라야겠지.』

『또 그렇게 말하네. 금방 자랄 거야.』

메이는 어린 자신의 모습을 보며 답답해했다.

뭔가 말하려고 하고 있지만, 그냥 기억일 뿐이다.

말해봤자 의미는 없다.

그래서 5대에게 울면서 마음을 전했다.

"결국, 나는 약속을 지키지 못했어."

5대는 고개를 가로저었다.

『이렇게 만났어. 돌아왔잖아. 나는 그저 기억일 뿐이지만, 다시 만나서 기뻤어.』

"미안해, 프레더릭스. 나는— 또 프레더릭스에게 폐를 끼쳤어."

우리를 습격한 걸 말하는 거겠지.

관심 밖으로 쫓겨난 나는 침묵하고 있지만.

『그 일로 할 말이 있어. 메이, 라이엘을 도와주지 않겠어?』

"내가? 하지만 프레더릭스의 자손은 강해."

『강하지만, 아직 미덥지 못해. 최근 겨우 멀쩡해진 참이야. 앞으로 단련해주고 싶고, 라이엘도 더 강해지지 않으면 안 돼. ―세레스라는 괴물이 있으니까.』

메이가 그 이름을 듣고 말했다.

"들은 적이 있어. 확실히, 최근 날뛰고 있다는 인간이지?"

『그 녀석은 우리 일족 출신이야. 반드시 막고 싶어. 그걸 위해 네 힘을 빌리고 싶어. 부탁할 수 있을까?』

메이는 5대의 얼굴을 본 뒤에, 내게 시선을 보냈다.

그리고 잠시 고민한 뒤.

"―알았어. 좋아. 내가 도와줄 수 있다면 잠깐 어울려줄게."

잠깐이라.

그래도 고마운 이야기라고 생각했는데.

"50년 정도면 될까?"

메이의 말을 듣자, 그러고 보니 이 아이는 기린이라는 걸 떠올렸다.

5대의 시대에서는 어린아이 모습이었고, 지금은 소녀에서 여성이 되어가는 연령대다.

인간의 감각으로 생각해선 안 됐다.

5대는 기쁜 듯이 끄덕였다.

『그래. 부탁한다.』

메이는 부끄러워하며 말했다.

『또 만나러 와도 돼?』

『언제라도 오라고는 말할 수 없지만. 함께 있다 보면 만날 기회도 있겠지.』

"응!"

어른스러운 메이의 모습은 없었고, 나이에 맞는 여자아이로 보였다.

메이가 나를 돌아봤다.

"저기, 라이엘이었던가? 앞으로 50년 잘 부탁해."

"어? 으, 응?"

나는 메이의 이 웃음에 어떻게 대답해야 좋을까?

기린이 아군이 되어주는 건 기쁘지만, 여러모로 괜찮으려나?

그리고 메이가 내게 상담해왔다.

"그리고, 도와주면서 몇 가지 조건이 있는데."

"뭔데?"

"실은 나는 이제 막 독립했어. 그래서 가족이 필요해. 라이엘의 씨앗을 줘. 프레더릭스에게 받지 못했으니까, 그 자손인 라이엘이 좋아."

나는 놀라서 뿜어버렸다.

『아~. 그러고 보니 그런 말도 했었지.』

"엄마한테 억지를 부려서 독립했어. 프레더릭스를 만날 수 없다는 건 알고 있었지만, 빨리 어른이 되고 싶었으니까. 그래서 한 번은 프레더릭스의 고향에도 들렀어."

메이의 말을 들은 나는 깜짝 놀랐다.

"어, 어땠어?"

고향 일을 물어보자, 메이는 위를 바라보면서 기억을 떠올리듯 이야기해줬다.

"으~음. 지상에 내려선 건 몇 번뿐이니까 자세한 건 몰라. 그리워서 들렀을 뿐이니까. 하지만 뭔가 싫은 느낌이 들어서 바로 나왔어."

5대가 나를 바라봤다.

『뭐, 묻고 싶은 건 나중에 물어봐. 그건 그렇고, 라이엘— 메이를 잘 부탁한다.』

"잠깐만요!"

『뭘?』

"아니, 의아한 듯이 되묻지 마세요. 메이 일이에요. 저의 씨, 씨앗이 필요하다니, 좋지 않잖아요! 저는 인간이라고요."

메이가 나를 보고 웃었다.

"어라? 라이엘은 몰랐어? 신수는 암컷밖에 없어."

"어, 그랬어?"

동물을 좋아하는 5대는 이런 이야기도 잘 아는지 설명해줬다.

『신수가 사람에게 행운을 가져다준다는 이야기가 많지? 그건 짝을 구하러 인간 남자를 찾기 때문이야.』

"그, 그래도, 다른 신수 이야기는 못 들었는데요."

메이가 태연자약하게 말했다.

"남자는 신수가 신부라는 걸 모르는 패턴도 많아. 인간 사회에 녹아들어서 생활하고 있는 동료도 많으니까. 그리고, 다른 신수는 영역이 달라."

"여, 영역?"

그보다도, 신수가 인간 사회에 녹아들어 있다는 게 의외다.

메이를 보면, 정말로 녹아들어 있는지 불안하다.

『반세임에 많은 건 기린이니까. 바다에는 고래 같은 신수도 있으니, 그쪽으로 가면 이야기도 들을 수 있겠지.』

"하지만!"

『「하지만」이고「그치만」이고 없어! 신수는 그런 생물이고, 메이가 너를 고른 거다. 그것뿐인 일이잖아. 나는 너라서 다행이라고 생각하고 있을 정도야.』

"나도 라이엘에게는 놀랐으니까. 강한 아이가 태어날 것 같으니, 최소 세 명 정도는 갖고 싶어."

세, 세 명!

『메이의 아이라. 귀엽겠지. 그나저나, 이야기가 잘 매듭지어져서 다행이야. 라이엘, 다행이구나.』

다, 다행인 건가?

이건 인정받은 건가?

—내가 머리를 감싸 쥐자, 메이도 5대도 의아한 표정을 지었다.

이건 내가 이상한 건가?

5대는 그런 나를 무시하고 메이에게 말했다.

『메이, 그리고 나에 대한 건— 여기서 있었던 일은 비밀로 해줬으면 좋겠어.』

―아리아는 의식을 잃은 라이엘을 지면 위에 눕혔다.

기린과 싸운 곳에서 이동한 세 사람은 라이엘과 기린을 지키기 위해 숨었다.

숲속에 빛이 들어오고 있다.

밤이 끝나버렸다.

짐을 베개 삼아 누운 라이엘은 굉장히 시달리고 있었다.

"정말로 괜찮을까? 의사소통을 하는데 왜 의식을 잃은 건지 모르겠어."

기린도 의식을 잃어버려서 지금은 얌전하다.

미란다는 다시 기린을 구속하면서 경계를 이어갔다.

"설득 중인 걸까? 실패할 가능성도 있지만, 지금은 라이엘을 믿을 수밖에 없어."

에바는 짐에서 메모장을 꺼내서 이것저것 적고 있었다.

노래나 이야기 소재로 하기 위해서이리라.

그 태도를 본 아리아가 어이없어했다.

"이런 때까지 노래야? 그만두라고."

"나도 걱정 정도는 하거든. 하지만 빨리 메모를 남기는 게 중요해. 게다가 나는 라이엘을 믿으니까. 라이엘이라면 분명 해낼 거야."

아리아는 에바의 말에 조금 놀랐다.

"의외네. 좀 더 딱 잘라낼 줄 알았어. 라이엘을 그냥 소재 정도로밖에 생각하지 않는 것 같았는데."

"너도 실례네. 소재라는 건 부정하지 않지만, 나는 그렇게 박정하지 않아."

라이엘이 안 된다면 다음 소재를 찾겠지.

그렇게 생각하고 있었는데, 에바는 진심으로 보였다.

"나는 라이엘에게 목숨을 걸고 있어. 노래나 이야기에는 그 정도의 가치가 있다고 생각하지 않아?"

미란다는 주변을 경계하면서 에바에게 말했다.

"역시 엘프는 이해할 수 없어."

"이해하지 않아도 상관없어. 나는 라이엘이 주인공인 이야 기를 노래하고 싶거든. 히로인은 노웸이고, 해피 엔딩이 최고 겠네."

아리아는 에바에게 의문을 가졌다.

"왜 노웸 편을 드는 거야? 우리보다 관계가 짧잖아?"

소박한 의문이었지만, 에바는 대답을 얼버무렸다.

자기도 이해하지 못하는 모양이다.

"친해지는 데 시간이 상관있어? 뭐, 직감이라든가 기분? 분 위기라고 해야 할까. 노웸하고 있으면 즐겁고, 게다가 안정되 거든."

아리아는 지금까지의 여행을 떠올렸다.

노웸은 신기하게도— 아인종에게 호감을 받아왔다.

종족과는 상관없이 호감을 사는 것처럼 보인다.

반대로, 그렇게나 미인인데도 경박해 보이는 이성은 별로 접근하지 않는다.

여러모로 비밀을 숨기고 있다는 걸 알게 되고 나서는 수상해서 견딜 수가 없었다.

(노웸은 신기하네.)

라이엘도 노웸에 관해서는 모르는 게 많다.

세 사람이 눈을 뜨지 않는 라이엘과 기린을 걱정하는 와중, 미란다가 한숨을 내쉬었다.

"─최악의 타이밍이네."

에바는 메모장을 짐에 넣고 일어나서 기지개를 켰다.

"꽤 소란을 일으켰으니까 어쩔 수 없어."

아리아도 일어나서 단검을 손에 들었다.

단창은 기린에게 파괴되었고, 라이엘이 눈을 뜨지 않았기에 새로운 무기도 보충하지 못했다.

요 며칠 동안 하드한 일정이어서, 제대로 쉬지도 못했다.

지친 몸.

장비는 부족.

"숫자가 많네."

다가오는 발소리가 많다.

미란다가 라이엘을 보고, 시선을 기린에게 보냈다.

"그럼, 어떻게 할까?"

라이엘과 기린을 안고 도망치는 건 불가능하지 않지만, 연일의 피로가 정점에 달했다.

지친 그녀들만으로 이 자리를 벗어날 수 있느냐고 묻는다면 힘들다.

억지로 돌파하면 소란이 커진다.

이제 어떻게 할까 고민하고 있는데, 라이엘이 눈을 떴다.

"라이엘!"

아리아가 다가가서 말을 걸자, 기린도 눈을 떴다.

아무래도 저항할 생각은 없는 모양이다.

아리아의 부축을 받아 일어난 라이엘은 얼굴에 손을 대고 있어서 영 기운이 없었다.

"왜 그래? 오해는 풀었어?"

아리아가 질문 공세를 하자, 라이엘은 살짝 끄덕였다.

"응. 동료가 되어준다네."

에바가 놀라면서 미소를 지었다.

"라이엘에게 목숨을 건 건 정답이었네. 기린이 아군으로 와준다니, 재수가 좋잖아."

미란다는 기운이 없는 라이엘을 신경 쓰면서 상황을 간단하게 설명했다.

"라이엘. 지친 와중에 미안하지만, 아무래도 너무 소란을 피운 모양이야. 사람이 모이고 있어. 아츠는 쓸 수 있겠어?"

라이엘은 비틀비틀 일어나서 미란다에게 답했다.

"그래, 괜찮아. 그리고 메이를 풀어줘."

"괜찮은 거지?"

"문제없어. 아니, 정말로 어째서 이렇게 된 걸까."

미란다는 왠지 태도가 애매한 라이엘이 신경 쓰였지만, 기린을— 메이를 자신이 만든 실에서 풀어줬다.

실이 풀려서 사라지자, 몸을 흔들어서 달라붙은 찌꺼기를 날려버린 메이가 사람의 모습으로 변했다.

"아직 몸이 끈적끈적해. 너의 실, 굉장히 끈적하네."

"칭찬해줘서 기쁘네. 그보다도, 동료가 되어준다는 건 사실이야?"

"응. 50년 정도는 함께야."

"—그래. 자세한 이야기는 나중에 들을게."

메이에게 위험이 없다고 판단한 미란다가 라이엘을 돌아봤다.

"그럼, 어떻게 할 거야? 라이엘."

라이엘은 턱에 손을 대고 고민하면서 보옥을 움켜쥐었다—.

하늘 위.

메이의 등에 네 사람이 타니까 좁았다.

네 사람은 등에 딱 달라붙어서 숲 상공에 있었다.

"잠깐 기다려. 상상 이상으로 높잖아!"

아리아는 절규했지만, 어딘가 즐거워 보이기도 했다.

미란다는 차분한 모습으로 지상을 바라봤다.

"하늘을 나는 건 편해서 좋네. 이것저것 할 수 있을 것 같아서 앞으로가 기대돼."

뭔가 무서운 생각을 하고 있지 않나?

반면 에바는······.

"기린이지만 백마— 응. 라이엘은 백마에 탄 왕자님이네. 노웸을 히로인으로 삼은 이야기를 얼마든지 만들 수 있겠어."

다들 피곤한지 텐션이 이상했다.

메이는 어이없다는 목소리를 냈다.

"조용히 해. 네 사람이나 태우고 나는 건 힘드니까."

균형을 잡는 게 힘들다는 의미인 모양이다.

무겁지는 않아 보였다.

"그런데. 메이— 그 일은."

메이에게 귓속말을 보내자, 확실히 고개를 끄덕였다.

"말 안 해. 프레더릭스와 약속했으니까."

안도했다.

나의 푸른 보옥에는 역대 당주들의 기억이 살아있다. —이런 걸 동료들에게 밝힐 수는 없다.

세레스가 노란색 보옥을 들고 날뛰고 있기 때문이다.

모두가 내 보옥에 불신감을 품지 않는다고 단언할 수 없다.

그래서 역대 당주들과 상의한 끝에 모두에게는 말하지 않기로 정했다.

"아, 그러고 보니—."

나는 메이가 숲에 용건이 있다고 말했던 걸 떠올렸다.

"메이의 용건은 뭐였어?"

"숲에 새로운 던전이 생겨서 그걸 토벌하려고. 사실은 들를 생각이 없었지만, 간과할 수가 없었어. 폭주 직전의 던전이 몇 군데나 있었으니까."

메이가 말한 게 정말이라면, 이 나라는 던전 관리에 실패한 모양이다.

방치하지 않아서 정답이었다.

아니, 메이가 있으니 방치해도 상관은 없었나?

"이, 이젠 괜찮은 건가?"

"대부분 토벌했으니까. 라이엘 일행이랑 만나기 전에도 하나 토벌했어."

나중에 확인할 필요가 있겠다.

우리는 메이의 등에 타서 하늘을 이동했다.

여러 일이 있었지만, 믿음직한 동료가 더해지게 되었다.

—여관.

돌아온 아리아, 미란다, 에바 세 사람은 목욕탕에서 몸을 씻고는 간단한 식사를 끝내고 침대에 누웠다.

몸은 피로에 절었고, 이젠 여러모로 한계다.

아직 해는 높지만, 이대로 자버리고 싶었다.

라이엘은 메이를 소개하기 위해 방에 없었다.

여자 세 명— 더듬더듬 대화가 이어졌다.

"—이번에도 힘들었네."

에바가 그렇게 말하자, 미란다가 눈을 감고 대답했다.

"그럼 이제 돌아가도 돼."

"넌 정말로 싫은 여자네. 이야기로 따지면 라이엘과 노웸 사이를 갈라놓는 악녀야."

"악녀라도 상관없어. 나는 실리를 취할 거니까. 최종적으로 라이엘의 제일이 내가 된다면 악녀든 뭐든 되어주겠어."

대충 내던지듯이 말하는 것처럼 들리지만, 아리아는 눈을 감은 채 미란다라면 할 수 있을 것 같다고 생각했다.

"너희 둘은 기운차네. 이만 자는 게 어때?"

에바가 조금 시간을 두고 말했다.

"―피곤해서 자고 싶은데, 묘하게 잠이 안 오는 때가 있잖아."

아리아는 동의했다.

"그러게. 지금이 그래."

겨우 쉴 수 있게 되었는데, 세 사람 모두 잠들지 못하고 있었다.

미란다가 에바에게 물었다.

"진지하게 말하는데, 너는 어딘가 안전한 곳에서 노래를 부르는 게 행복하지 않아? 네 목적에도 맞고."

에바는 인기인이 되고 싶다는 목표가 있다.

그러나―.

"그것도 달성할 거야. 하지만, 나는 나만이 아는 이야기를 부르고 싶어. 설령 내가 잊히더라도, 수천 년 동안 불리는 노래를 남길 수 있다면 행복할 거야."

미란다는 에바의 그 생각을 비웃지 않았다.

"그래― 마음대로 해."

"네 허가 같은 건 필요 없어. 나는 지금도 앞으로도 내가 하고 싶은 대로 할 거야."

두 사람의 이야기가 끝나자 무언의 시간이 흘렀다.

그래도 잠들지 못했다.

아리아는 졸음과 피로 탓인지, 평소에는 말하지 않는 걸 중얼거렸다.

"—이번 일 말인데. 나는 역시 글러먹었지? 그때 습격해온 녀석들을 저기—."

죽이지 못했던 걸 후회하자, 에바가 살짝 웃었다.

"너 아직도 신경 쓰고 있었어?"

"이쪽은 진지하게 반성하고 있거든. 나 때문에 모두에게 폐를—."

아리아가 화를 내자, 미란다가 어이없다는 목소리로 말했다.

"아리아는 바보네."

"—그런 건, 내가 더 잘 알아."

그렇게 확실하게 말하면 상처받는다.

그러나 미란다의 반응은 달랐다.

"네가 실수해서 죽으면 모두가 슬퍼하잖아. 그 정도는 알아야지."

미란다가 그렇게 말하자, 아리아가 눈을 크게 떴다.

"미란다, 지금 그건—."

미란다는 여전히 눈을 감고 있다.

에바는 흥미가 생겼는지 미란다에게 물었다.

"의외네. 너는 주변을 떨쳐내고 라이엘의 제일이 되고 싶은 거 아니었어?"

"부정은 하지 않지만, 그게 나한테 메리트가 있어? 라이엘의 방해는 하고 싶지 않고, 미움받을 일은 하지 않아."

에바는 조금 감탄한 모양이었지만⋯⋯.

"좋은 이야기네. 하지만 악녀한테는 어울리지 않으니까 커트할게."

미란다는 여유로웠다.

"마음대로 해. 하지만 최종적으로 라이엘의 곁에 있는 건 나야. 네가 원하는 해피 엔딩은 찾아오지 않아. 라이엘과 나의 해피 엔딩이라면 노래 부르게 해줄게. —유감이네."

"역시 싫은 여자네. 난 네가 싫어."

"어머, 그래? 나는 도움이 되는 한 너를 동료라고 인정해줄게."

"—나는 전력으로 노엠을 응원—하고—."

말다툼을 벌이다 보니, 어느새 잠든 숨소리가 들려왔다.

아리아도 수마에 사로잡혀 의식이 멀어졌다.

(왠지— 조금 마음이 편해졌어.)

서로의 관계가 이래도 되는지 고민하고 있었지만, 조금 속을 터놓고 이야기한 기분이 들었다—.

다음 날.

밤에 어딘가 나갔던 메이가 돌아오더니 대량의 짐을 들고 방에 찾아왔다.

커다란 자루를 짊어지고 있고, 조금 피곤한지 이마의 땀을 닦고 있다.

"그건 뭐야?"

아침 일찍부터 뭘 가져왔는지 묻자, 메이는 밝게 대답했다.

"이거? 던전의 보물이야."

그걸 듣자, 보옥 안의 4대가 놀랐다.

『뭐라고요!』

메이가 가져온 대량의 짐.

자루의 입구를 열자, 그곳에는 금은보화, 무구나 마석 등등 여러 가지가 들어있었다.

노웸이 안을 보고 감탄한 듯 말했다.

"혼자서 이 정도로 모은 건가요? 대단하네요."

"에헤헤, 노웸이 칭찬해주니 기쁘네. 하지만 이것도 적은 편이야. 나는 이제 막 독립해서 별로 모으지 못했거든."

어제 동료에게 메이를 소개했다.

그러자 메이는 노웸에게 묘하게 친근했다.

5대는 복잡해 보였지만, 그 관계에 참견하지는 않았다. 『메이가 친해졌다면 문제없겠지』라고 말하면서—.

5대는 정말 동물에게 무르다.

자신이 의심하는 노웸에 대해 잊어버린 게 아닐까?

샤논이 졸린 눈을 비비면서 보물을 들여다봤다.

"이것도 적은 거야? 이만큼 있다면 과자를 잔뜩 살 수 있는데."

메이는 그걸 듣고 기뻐 보였다.

"그래? 그럼 이걸로 과자를 잔뜩 사자! 아, 안 돼. 이거 시집을 가기 위한 물건이야."

"시집?"

샤논이 되묻자, 메이는 자랑스럽게 가슴을 펴고 대답했다.

"맞아. 기린은 모아둔 보물을 짝에게— 남편에게 주거든."

소피아는 놀란 표정을 지었다.

동료 중에는 남자가 두 명밖에 없다.

그리고, 메이와 관계가 있는 건 나뿐.

당연히 나한테 시집을 온다고 생각하게 된다.

"라이엘 공. 어, 어어어, 어떻게 된 겁니까!"

매우 유감스럽게도, 사정을 아는 아리아나 미란다, 그리고 에바는 피곤했는지 일어나지 않았다.

나는 혼자서 변명할 수밖에 없다.

"아니, 뭐랄까— 선조님의 인연이려나?"

"선조님의?"

5대가 조금 기뻐하고 있는 걸 이해할 수 없다.

『그때 구한 기린이 이렇게 라이엘을 돕는다니— 이것도 운명이네.』

7대가 어이없어했다.

『그 인연 때문에 라이엘이 죽을 뻔했다는 걸 잊고 있지 않습니까?』

소피아가 납득하지 못하고 있는 사이, 클라라가 메이에게 질문했다.

"기린은 던전의 보물을 남성에게 건네는 건가요?"

"돈은 있는 게 좋은 것 같으니까."

클라라의 호기심이 자극된 모양이다.

"신수라며 좋아하는 이유를 조금 알게 됐네요. 게다가 여러모로 흥미로워요. 이제 기린에 생태에 관해 자세히 알 수 있게 됐어요."

그러나 메이는 입을 삐쭉였다.

"응? 싫어. 우리를 잡으려는 나쁜 인간도 많으니까, 이 이상은 말 안 할 거야."

"그, 그럴 수가!"

시무룩해진 클라라는 아랑곳하지 않은 채, 모니카가 자루를 짊어졌다.

그 무게를 확인한 뒤.

"이것 참 많네요. 하지만 이만큼 있다면 한동안 자금에는 곤란하지 않겠어요. 잘됐네요. 치킨 자식."

"그러게. 잘됐네."

그 대가는 나의 씨앗.

이걸 모두에게 어떻게 설명해야 할까?

나는 식은땀이 멈추지 않았다.

3대가 폭소했다.

『당초 예정과는 달라졌지만, 결과적으로 재보를 손에 넣고 기린까지 동료로 들어왔어. 재수가 좋은 건 틀림없네.』

4대도 만족스러워했다.

『모니카의 말대로입니다. 이제 한동안 곤란하지 않겠어요.』

그래. 한동안은, 말이지.

우리가 한동안 놀면서 지낼 수 있는 거금도, 향후를 고려하면 참새 눈물 수준의 금액이니까 곤란하다.

세레스와 싸우겠다고 결심한 우리에게는 아무튼 자금이 필요하다.

—현실은 험난하네.

노웸이 나를 바라봤다.

"왜, 왜 그래?"

"아뇨. 역시 라이엘 님이라고 생각해서요. 이건 진심이에요. 기린의 짝으로 선발되는 건 터무니없는 행운이니까요."

노웸의 웃는 얼굴이 마음에 가시가 되어 박히는 아픔을 줬다.

"그러—게."

받아들인다는 건, 메이와 아이를 만든다는 뜻이다.

나도 아직 각오가 되어있지 않아서 이야기를 보류했으면 했지만, 5대가 『메이의 뭐가 불만인 거냐, 이 자식!』이라며 화를 냈다.

이 사람, 정말 문제가 있어.

그리고 다른 네 사람도 기린이라는 전력이 들어온 걸 기뻐하고 있다.

세레스와 싸우기 위해서 필요하다는 건 알지만, 납득하지 못하는 내가 문제인 건가?

내가 식은땀을 흘리자, 노웸이 말했다.

"프레더릭스 님도 분명 기뻐하시겠죠."

실제로 기뻐하더라.

하지만— 나는 선조님의 인연이라고 말했지만, 5대의 일이라고는 말하지 않았다.

노웸은 5대가 기린을 기르고 있던 걸 알고 있었나?

—라우칸 왕국의 왕궁.

국왕은 대신에게 보고를 받고 초췌해졌다.

연일 이어지는 보고는 기린에 관한 것뿐이었다.

그러나, 그건 모두 던전이 토벌되었다는 보고와 함께 당도했다.

"—역신이다. 뭐가 기린이 행운을 부르는 신수라는 거냐. 우리나라의 숨겨진 던전을 모두 토벌하다니 미쳤어."

보고한 대신은 그런 국왕에게 말했다.

"때가 되었던 거겠지요. 폐하, 우리에게 던전을 몇 군데나 관리할 능력은 없습니다. 이게 다행이었던 겁니다."

"우, 웃기지 마라! 겨우 여기까지 왔다. 겨우 국가연합의 맹주 지위가 닿을 것 같았는데! 그걸 짐승 따위에게 부서져 버린 마음을 네가 알 수 있다는 거냐!"

"던전이 폭주한다면 나라가 멸망했을 겁니다."

"지금까지 잘 해왔다. 앞으로도 그럴 거였다. 그랬어야 했는데."

국왕은 등을 굽히며 양손으로 얼굴을 가렸다.

대신은 보고를 이어갔지만, 국왕은 듣지 않았다—.

제97화 자유도시를 향해

라우칸 왕국을 떠나 베임을 향해 이동 중이던 차내.

뒷자리에서는 떠들썩한 소리가 들려왔다.

"작작 좀 해, 이 신기한 생물! 그리고 치킨 자식의 과자를 먹은 건 누구인가요?!"

"그치만 배가 고팠다고. 그나저나 인간의 음식은 맛있네. 나 마음에 들었어."

"준비해둔 점심 식사까지 먹어놓고 이런 말투라니! 그리고 치킨 자식의 과자를 먹은 건 누구죠! 이름을 대지 않으면 점심은 거르겠어요!"

"그건 샤논이야."

"메이, 너도 먹었잖아. 배신했구나!"

"샤논이 내 몫까지 먹으니까 그렇지! 나도 더 먹고 싶었는데 나눠주지 않아서 그래."

두 사람이 다투기 시작하자, 모니카의 낮은 목소리가 들려왔다.

"얼간이들은 찾아낸 모양이네요. 점심은 거르고, 아침밥도 디저트를 거르기로 하죠."

"모니카 미안해! 점심도 먹고 싶어!"

"모니카 용서해줘! 나는 그만하라고 했는데, 메이가 멋대로

먹은 거야.”

“샤논, 또 나를 배신했구나!”

“먼저 배신한 건 너야!”

참으로 슬픈 이야기다.

신수라 불리는 기린이 샤논과 똑같은 레벨이라니 알고 싶지 않았다.

그건 그렇고, 메이는 아무튼 잘 먹는다.

아무래도 기린이라는 생물은 잡식성인 모양이다.

고기든 채소든 상관없이 먹는다.

그리고, 과자도 좋아했다.

샤논과 자주 과자 쟁탈전을 벌이다가 혼나는 모습을 빈번하게 본다.

조수석에 앉아서 말다툼하는 목소리를 듣다가, 옆에 앉은 클라라에게 말을 걸었다.

클라라의 왼팔에는 새로운 의수가 장착되어 있었다.

예전 것과 꽤 닮았다.

“새로운 의수는 어때?”

슬쩍 말을 걸어보자, 클라라는 쓴웃음을 지으며 답했다.

“이쪽은 모니카 씨와 릴리 씨가 준비해준 거예요. 데미언 교수님이 새로운 의수를 만든다며 의욕적이라, 아직 완성되지 않았으니까요.”

모니카와 릴리 씨가 만든 대용품이지만, 그래도 성능은 예전에 쓰던 의수보다 좋았다.

클라라는 만족스러워하면서도, 데미언이 만드는 의수가 신경 쓰이는 모양이었다.

"만들어주시는 건 기쁘지만, 이야기를 듣다 보면 불안감밖에 없어요."

"뭘 할 생각인데?"

"마구를 조합해서 대포를 붙인다고 말씀하시더라고요. 저는 반동이 무서워서 그만뒀으면 좋겠는데 말이죠."

대체 의수에 뭘 붙이려는 거야.

데미언의 발상은 참 엉뚱하네.

나는 이해할 수 없어.

그러자 이번에는 클라라가 내게 말을 걸어왔다.

"라이엘 씨도 이번에는 큰일이었네요."

"메이 말이야? 하지만 결과적으로는 잘 된 게 아닐까?"

죽을 뻔하긴 했지만.

"아뇨. 그쪽도 그렇지만, 그 세 사람 말이에요. 아무래도 돌아오고 나서 마음을 터놓게 되었다고 해야 할지, 뭐라고 해야 할지—."

클라라의 애매한 말을 들은 나는 그 세 사람의 며칠 동안을 떠올렸다.

예전과 똑같이, 어딘가 관계에 도랑이 있는 걸로밖에 보이지 않았다.

"그런가? 미란다와 에바는 자주 말다툼을 벌이잖아. 아리아도 자주 놀림감이 되고, 변함없다고 생각하는데?"

나는 그런 의견을 냈지만, 보옥 안에서도 복잡한 목소리가 들려왔다.

『조금은 멀쩡해졌으려나?』

『개선된 건 좋은 일이죠.』

『메이는 치유니까. 그보다, 샤논과 사이가 좋아 보여서 다행이야.』

『—5대는 별로 관심이 없어 보이는군요. 저는 말다툼도 그만뒀으면 좋겠습니다. 언제 진심으로 다투게 될지 몰라서 조마조마하니까요.』

『어머님들은 심각했으니 말이죠.』

정말로 이래도 괜찮은 건가?

고민에 잠기자, 클라라가 키득키득 웃으며 화제를 바꿨다.

"그나저나, 겨우 베임으로 가게 되었네요."

모험가들이 향하는 베임은, 자유도시라고도 불린다.

모험가의 본고장이라 불리는 만큼, 수많은 모험가가 베임으로 향한다.

베임에는 자유도시가 관리하는 던전이 있어서 모험가들이 돈을 버는 곳이기도 하다.

나도 자세한 사정은 모르지만, 겨우 갈 수 있다고 생각하니— 조금 슬퍼졌다.

재회를 약속한 파티가 있었다.

그런, 그들은 세레스에게 목숨을 빼앗기고 말았다.

—약속은 이루어지지 않았다.

여러모로 생각하게 된다.

내가 침묵하자 클라라가 걱정했다.

"왜 그러시나요?"

"아니, 여러 일이 있었다고 생각해서."

"그러세요. 라이엘 씨, 이번에는 지명수배도 당했으니까요."

리오넬 녀석이 나를 지명수배했다.

그 녀석, 제멋대로 하고 있다.

나는 아직 아무것도 하지 않았는데.

3대가 웃었다.

『향후를 생각하면 틀리지도 않았지. 하지만 지명수배당한 상태라는 건 조금 곤란하네. 외국이라고는 해도, 반세임에서 오는 모험가도 많을 테니까.』

그렇다.

내가 모반자라는 소문이 퍼지면 곤란하다.

"곤란하네."

닮지 않은 수배서지만, 내 이름이 나쁜 의미로 퍼지는 건 봐줬으면 좋겠다.

"모니카 씨가 이것저것 저질렀지만, 효과가 있는지는 확인하지 못했으니까요."

"모니카가? 그 녀석이 뭔가 했어?"

내가 모르는 사이에 뭔가 한 모양이다.

맡겨달라고는 했지만, 정말로 뭔가 손을 쓴 건가?

클라라가 어이없어했다.

"라이엘 씨. 몰랐었나요?"

내가 솔직하게 끄덕이자, 클라라는 모니카가 한 일을 설명해주었다.

"실은 말이죠―."

―그 무렵.

리오넬은 반세임 동부 국경에 있었다.

늙은 가주가 소소하게 경영하는 작은 목조 술집이었다.

영업시간은 지났는데도 억지로 들어와서 술을 요구하고 있다.

기사 지위를 이용해서 제멋대로 하고 있었다.

리오넬은 낮부터 술을 마시며 불만을 털어놓았다.

"이놈이고 저놈이고 무능한 것들뿐이야. 뭐가 걱정할 것 없다는 거냐. 라이엘 일행의 정보조차 모이고 있지 않잖아."

수배서를 준비하고, 현상금까지 걸었건만 정보조차 모이지 않는다.

짜증이 나서 성채를 뛰쳐나와 이렇게 각지를 전전하면서 국경을 지키는 기사나 병사들에게 고함을 질러댔다.

그때 말고는 할 일도 없어서 술을 마시며 보냈다.

"뭐가 반드시 붙잡겠다는 거냐. 아무리 지나도 붙잡지 못하고 있잖아."

점주는 리오넬을 무서워하는 것처럼 보였다.

리오넬은 그 이유가 자신이 기사라서 그런다고 생각하고 있었다.

(지위 높은 기사라면 주변이 저자세로 나와서 기분이 좋네.)

지금까지 나를 얕잡아보던 인간이 지금은 아양을 떨고 있다.

리오넬은 최고의 기분이었다.

문득 시선을 가게의 벽으로 돌리자, 그곳에는 수배서가 있었다.

증오스러운 라이엘의 얼굴이 그려진 수배서다.

"여기에도 붙어있었나. 일은 하는 모양이라 좋군, 좋아."

자신이 준비한 수배서를 제대로 여기저기에 붙여놓은 건 평가해줄 수 있다.

술을 마시고, 요리를 즐기는 사이, 어느새 모두 줄어들었다.

"더 마시고 싶고, 먹고 싶은데. 추가로 주문할까. 이봐, 영감—어라?"

카운터를 보니, 그곳에 점주의 모습은 없었다.

고개를 움직여 좁은 가게를 찾아봤지만, 어디에도 보이지 않았다.

"—뭐야. 밖인가? 이 나를 기다리게 하다니 참수감이라고. 나는 남작이고, 세레스 님의 특무친위대 대장이란 말이다."

지위나 직함을 자랑하면서 술을 마시고는 큰 소리로 점주를 불렀다.

"이봐, 망할 영감! 빨리 오지 않으면 검의 녹으로 만들어주마!"

혀가 돌지 않기 시작하자, 갑자기 뒤에서 누가 어깨를 두드렸다.

"아앙?"

몸을 돌려서 불쾌감을 보이는 얼굴을 상대에게 보여주자, 그곳에는 점주가 데려온 듯한 국경을 지키는 기사들의 모습이 있었다.

리오넬이 혀를 찼다.

"이봐, 무슨 용건이냐? 나를 부른다면 최소 기사를 데려와. 나는 남작이고—."

병사들은 그런 리오넬을 무시하고 손에 든 수배서와 리오넬의 얼굴을 교대로 바라봤다.

"틀림없이 이 녀석이야."

"이 녀석이 모반자인가?"

"낮부터 술을 마시면서 눈에 띄다니 바보인가?"

병사들이 어이없다는 듯 이야기하는 내용을 들은 리오넬이 울컥했다.

"이봐, 무슨 속셈이냐? 내가 모반자라고? 나는 세레스 님의 특무친위대 대장이자, 남작인 리오넬 월트 님이란 말이다!"

일어나서 병사에게 달려들었지만, 리오넬은 바로 쓰러져서 바닥을 뒹굴었다.

"시끄러운 주정뱅이네."

"특무친위대가 뭐야?"

"몰라."

병사들은 얼굴을 마주하며 고개를 갸웃했다.

중앙의 정보는 아직 지방에는 충분히 전해지지 않았다.

말단 병사는 특무친위대의 이야기 같은 건 모른다.

그래서 리오넬을 몰랐다.

리오넬이 일어나서 칼자루를 잡고 뽑았다.

"야, 얕보기는! 수배서를 잘 봐라! 나는 리오넬이다. 라이엘이 아니야!"

병사 세 명이 수배서를 확인했다.

"아니, 이건 너잖아? 게다가 이름도 『리오넬』이라고 적혀있다고. 포기를 못하는 녀석이구만. 당장 끌고 가자."

병사들은 리오넬이 뽑은 검을 떨어뜨렸다.

"자, 잠깐! 나는 리오넬이다!"

"그러니까, 네가 모반자인 리오넬이잖아."

병사 세 명은 리오넬의 손에 밧줄을 감아서 끌고 갔다.

리오넬은 술에 취한 머리로 무슨 일이 일어났는지 생각했다.

(어, 어째서 이렇게 된 거지? 라이엘이 아니라, 어째서 내가―.)

그러자, 병사가 떨어뜨린 수배서가 시선에 들어왔다.

그곳에는 라이엘의 초상화가 미묘하게 변경되었고, 게다가 이름도 「리오넬」이라고 적혀있었다.

"어?"

리오넬은 꿈이라도 꾸는 것 같았다.

"아, 그래. 너무 많이 마셨나. 이건 꿈이야"

그렇게 생각해서 병사들에게 끌려가며 빨리 꿈에서 깨야겠다고 생각했다.

결국 다음 날이 되어도 감옥에서 풀려나지 못해서, 이게 현실이라고 깨닫고 소란을 부렸다.

그러나, 그로부터 며칠 동안 아무도 상대해주지 않은 채 감옥에 들어가 있어야만 했다—.

"—그런 일이 있었어요."

포터의 운전석.

리오넬 이야기를 들은 나는 귀를 의심했다.

"수배서를 바꿔치기했다?"

리오넬의 이름이 적혀있는 수배서를 준비하고, 국경을 나가기 전에 다시 붙였다고 한다.

그동안 들렀던 곳에서 전부 실행했다고 하니까 믿을 수가 없다.

"그 녀석, 그런 걸 하고 있었어?"

그러자, 운전석에서 모니카의 목소리가 들려왔다.

"후후후. 이제야 깨달으셨네요. 치킨 자식은 둔하네요."

문에서 고개를 내민 모니카가 이쪽을 들여다봤다.

"너 그런 것도 할 수 있었어?"

모니카가 자화자찬을 시작했다.

"이 모니카는 완성된 메이드라고요. 그 정도의 일도 못해서 어쩌려고요? 밤에 수배서를 전부 다시 붙이고, 앞으로 배부될 수배서도 바꿔치기하고, 그리고 국경을 나갈 때는 검문소의 수배서도 교환했지요. 이 아름다운 모니카에게 불가능은 없어요. 메이드, 그건 뭐든지 가능한 하나의 올라운더! 메이드는 모든 것. 모든 것이야말로 메이드라고요!"

클라라가 보충했다.

"저도 도왔어요."

"어울리게 해서 미안해."

클라라에게 사과하자, 모니카는 손수건을 깨물었다.

"그렇게 저를 칭찬하지 않고 다른 여자에게만 관심을 쏟다니. 하지만 그런 치킨 자식도 좋아해요."

『이 녀석, 태도는 웃기지만 굉장하네.』

5대가 묘하게 감탄했다.

혼자서 연극을 시작한 모니카를 방치한 나는 클라라와 이야기를 나눴다.

"그럼, 지금쯤 혼란에 빠졌을까?"

"의외로 리오넬 씨가 붙잡혔을지도 모르죠."

나는 클라라의 농담에 웃었다.

클라라도 농담을 할 수 있다는 걸 알게 되어 기뻤다.

"아무리 그래도 그건 아니지."

"하긴 그렇죠. 저도 말이 안 된다고 생각해요."

조금 쑥스러운 듯 뺨을 붉힌 클라라가 굉장히 귀엽게 보였다.

그런 따끈따끈한 분위기를 부순 건, 메이였다.

운전석으로 오더니 내게 얼굴을 들이밀었다.

코가 달라붙을 듯한 거리다.

"라이엘, 케이크라고 알아? 응? 알고 있지?"

"갑자기 왜 그래? 그리고 가까워."

5대가 투덜투덜 불평했다.

『좀 더 다정하게 대해.』

메이는 내가 거리를 벌리려고 하자 더욱 접근해서 밀어붙였다.

"샤논이 자랑한단 말이야. 나, 케이크는 먹어본 적 없어!"

"어, 그랬어?"

『나의 시대에서는 구운 과자 정도였지. 케이크는 조금— 먹어도 괜찮은지 고민했었던가.』

6대가 5대의 말에 쇼크를 받았다.

『자기 자식한테는 과자 같은 건 주지도 않았으면서.』

『아니, 너희는 어머니에게 제대로 받았잖아. 그 녀석들, 메이에게는 주지 않았다고. 어째서지?』

5대의 태도에 문제가 있어서 그런 게 아닐까?

그건 그렇고, 도망치려는 나를 메이가 자빠뜨렸다.

"라이엘, 나도 케이크를 먹고 싶어!"

"아, 알았어. 만들어줄게. 모니카에게 만들어주라고 할 테니까!"

"정말? 역시 내 남편이네!"

메이가 미소를 짓자, 모니카가 오싹하고 무서운 표정을 지었다.

"갑자기 툭 튀어나온 이 신기한 생물이 치킨 자식의 아내라고요? 그런 건 인정할 수 없어요. 치킨 자식은 제가 계속 모실 거라고요!"

아니, 그것하고 아내가 있는 게 무슨 관계가 있는지 모르겠다.

"클라라. 도와줘."

나는 근처에 있는 클라라에게 도움을 요청했다.

클라라는 소란을 부리는 우리를 제쳐놓고 포터를 운전하고
있었다.

무표정해진 클라라가 말했다.

"굉장히 사이좋아 보이네요."

그 말을 듣자, 보옥 안의 3대가 떠들었다.

『라이엘! 커버해줘. 클라라를 커버해주라고. 화났어. 화난
거야!』

응? 어째서?

내 허리 위에 앉은 메이가 클라라를 보며 웃었다.

"너도 라이엘의 씨앗을 갖고 싶어? 그럼 받으면 되잖아. 나
는 독점할 생각은 없으니까 안심해."

클라라의 안경이 미끄러졌다.

"어? 씨— 씨, 씨앗?"

클라라가 새빨개졌다.

운전 중이었기에, 갑자기 포터가 크게 휘청거리기 시작했다.
뒤에서 여성진의 비명이 들려왔다.

메이는 쓰러져서 내 품에 얼굴을 묻게 되었다.

"대, 대체 무슨 일이 있었던 건가—요."

타이밍 나쁘게 운전석에 얼굴을 내민 건, 소피아였다.

"—아."

뭐라 변명을 해야 할지 고민하자, 7대가 중얼거렸다.

『라이엘. 너는 어째서 언제나 궁지에 몰리는 상황을 만드는
거냐.』

누운 채로 메이를 끌어안은 모습을 한 나를 보고, 귀까지 새빨개졌다.

상반신을 일으킨 메이가 소피아를 보며 어리둥절하고 있다.

메이는 이 상황을 이해하지 못한 모양이다. —대단히 위험하다.

"뭐, 뭘 하고 있는 건가요오오오!!"

"오해야! 누가 설명해줘! 클라라는—."

머리를 부딪혀서 기절했다.

모니카는 나를 보고 두근두근한 표정이다.

이 녀석, 이 상황을 즐기고 있어.

소피아의 절규를 듣자, 뒷자리가 더욱 소란스러워졌다.

"시끄러워, 소피아. 대체 무슨 일이— 아니, 라이엘! 너, 너, 대체 뭘 하고 있는 거야!"

아리아까지 오자, 여성진이 차례차례 얼굴을 내밀었다.

미란다는 미소를 짓고 있지만, 무서웠다.

"어머, 대담하네. 나도 응석 부리고 싶어."

미란다가 나한테 응석을 부린다고?! 아니, 상관은 없지만 뭔가 무섭다.

"갑자기 기린은 좀 그런 것 같아. 라이엘, 역시 메인 히로인이 제일이야. 노윔을 방치하면 안 돼! 처음은 노윔으로 해."

에바가 뭐라 말하고 있지만, 순서 문제보다도 먼저 오해라는 걸 알아줬으면 좋겠다.

샤논은 배를 잡고 웃고 있다.

"표정이 그게 뭐야. 웃겨."

곤란한 나를 보고 웃는 이 녀석은 역시 싫다.

"라이엘 님. 저기— 그런 건 밤에 하시는 게 좋다고 생각해요."

노웸. 부탁이니까 내 이야기를 들어줘.

"기다려. 오해야. 그게 아니라고."

그러자 메이가 뺨을 부풀리며 화냈다.

"잠깐. 아니라니 무슨 소리야? 씨앗을 준다고 약속했잖아!"

『그래. 라이엘, 메이를 제대로 돌보지 않으면 안 돼.』

"역시나! 라이엘, 잠깐 뒤로 와."

나는 아리아에게 잡혀서 억지로 뒷자리로 끌려갔다.

모니카는 클라라를 돌보면서 웃으며 손을 흔들었다.

오해를 풀어줄 생각은 없나 보다.

뭐가 완벽한 메이드냐고.

너는 주인의 위기를 구하지도 않잖아.

『라이엘. 메이에 대해 제대로 이야기하지 않으니까 이렇게 되는 거야.』

『글렀군요. 30점입니다.』

『그보다도, 케이크를 잊지 마.』

『5대. 입 좀 다무시죠.』

『라이엘. 너도 힘들겠구나.』

보옥에서 들려오는 잡음은 무시했다.

그보다도, 대체 어떻게 해야 이 상황을 벗어날 수 있을까?

보옥 안, 원탁의 방.

내가 얼굴을 내밀자 다섯 명의 역대 당주들이 기다리고 있었다.

피곤한 표정인 나를 보고 3대가 웃었다.

"웃지 마세요."

『하지만 웃을 수밖에 없잖아. 하지만 짝이라는 말을 들으면 예상할 수 있을 텐데 말이지. 다들 그건가? 꽤 풋풋한 건가?』

씨앗 운운하는 이야기는 좀 진정하고 나서 이야기하려고 했다.

그랬더니 잊어버린 바람에, 최악의 타이밍에 알려지고 말았다.

미란다의 웃음이 무서웠다.

메이에게는 「순서가 있으니까 조금 기다려」라고 말했다.

순서— 있었어? 처음 듣는데.

『자. 그건 그렇고, 베임에 들어가기 전에 향후의 일에 관해 상의할까. 메이 덕분에 당면한 활동 자금은 손에 들어왔어.』

3대의 진지한 분위기를 보자, 다른 네 명도 표정을 다잡았다.

조금 납득할 수 없고, 불만도 말하고 싶지만 참았다.

"세레스를 쓰러뜨리기 위해 활동하는 거잖아요? 그것 말고 뭐가 있나요?"

『라이엘. 3대는 목표 이야기를 하는 게 아니라 과정 이야기를 하는 겁니다. 세레스를 쓰러뜨린다. 그건 알고 있습니다. 하지만 어떻게 쓰러뜨릴지는 정하지 않았죠.』

4대가 그렇게 말하자, 7대가 몇 가지 방법을 내게 가르쳐줬다.

『하나는 세레스를 쓰러뜨릴 수 있는 세력에 합류하는 방법이다. 하지만 이건 가망이 희박하지. 왜냐하면, 아직 세레스를 위험시하는 나라가 적으니까. 국내도 혼란스러운 상태다. 유지들이 모이고 있을지도 모르지만, 우리는 그 존재를 모르니 합류할 수 없어. 있다고 해도, 너는 세레스의 오빠다.』

주변국은 반세임의 약체화를 노리고 피폐해질 때까지 지켜볼 수도 있다.

그리고 누군가가 만든 조직이 있다고 하더라도, 가입하려면 내 출신이 문제가 된다.

『다음은, 네가 모종의 세력으로 들어가서 세레스를 쓰러뜨리도록 유도하는 방법이다. 하지만 이것도 가능성은 낮겠지. 어느 나라에서 관직에 오른다고 해도 시간이 너무 걸린다.』

관직에 올라서 실적을 쌓고 출세한다. ―그래서는 시간이 너무 걸리고, 권력을 잡았을 때는 어떻게 돌아가고 있을지 상상도 되지 않는다.

『세 번째는 영웅을 찾는다. 이거다 싶은 인물에게 네가 조력하는 방법이지.』

영웅― 있을까?

세레스와 싸울 정도의 영웅이 있다면 나도 전력으로 조력하고 싶은데 말이지.

그러나 6대가 모든 걸 부정했다.

『세 가지 전부에 문제가 있다. 그러니까 나는 또 하나를 제안하마. 라이엘― 네가 일어서라.』

6대가 말한 의미는 잘 알 수 있다.

그건, 내가 세레스 타도를 내걸고 세력을 일으켜야 한다는 의미다.

고민하자, 5대가 웃었다.

『왜 그래? 겁먹었어?』

"세레스를 쓰러뜨리는 걸 주저하는 건 아니에요. 하지만, 제가 가능할까요?"

『할 수밖에 없어. 그게 네가 고른 길이야.』

침묵하자, 3대가 손뼉을 쳐서 모두의 주목을 모았다.

『이건 주변 상황도 얽히게 될 테니까, 본격적으로 정하는 건 정보를 모으고 나서 하자. 하지만, 라이엘은 어떻게 싸워야 할지 확실히 생각해야 해.』

"—네."

4대가 당면한 행동에 관해 이야기했다.

『한동안은 모험가로 활동하면서 자금과 정보를 모읍시다. 세레스에게 위기감을 가진 나라가 있으면 좋고, 영웅이 있다면 도움을 요청하는 것도 좋겠죠.』

6대가 팔짱을 꼈다.

『하지만, 언제까지고 모험가를 계속할 수는 없겠군요.』

5대도 동의했다.

『그렇지.』

고개를 갸웃하자, 7대가 가르쳐줬다.

『라이엘. 사람이란 간판을 신경 쓰는 법이다. 모험가는 부랑배나 다름없어. 하지만 제대로 된 간판을 손에 넣으면, 그것만으로도 사람은 신용하게 된다.』

　3대가 이어서 설명했다.

　『그 사람 개인보다도 간판이 중요한 경우가 많으니까. 그 이야기도 이후 상황에 달렸지만, 그동안 할 수 있는 일은 전부 해둘까.』

　하고 싶은 건 잔뜩 있다.

　『자금, 정보 수집은 필수지만, 동료도 모으자. 됨됨이도 중요하지만, 숫자도 중요해.』

　『전쟁을 한다면 용병으로 움직이는 것도 나쁘지 않겠군요.』

　『내키지는 않지만, 메이에게 도움을 받는 것도 좋겠어. 기린을 거느린 라이엘에게 접근하려는 녀석이 많을 테니까.』

　『이용할 수 있는 건 모두 이용해야 한다. 그래도 세레스와 싸우기에는 너무나도 부족해. 라이엘, 너는 좀 더 자각을 가져라.』

　『―설령 악당이라 욕을 먹더라도, 필요하다면 해야 하는 각오도 필요하다.』

　다섯 명의 말에 수긍하자, 3대가 미소를 보였다.

　『할 수 있는 걸 하자. 그래. 우선 라이엘은 경험을 쌓는 게 어떨까? 강한 인간과 싸우면 그건 귀중한 경험이 될 테니까.』

　"강한 사람이요?"

　『여기 있잖아. 그리고 이 보옥 안은 다치더라도 금방 나아. 몸을 단련하는 건 불가능하지만, 경험이라면 쌓을 수 있어.』

　4대가 수긍했다.

『그렇죠. 그럼 여기서는 다섯 명 중에서 최강인—.』

『내가 상대할게.』

『저겠죠.』

『나겠지.』

『내가 상대해주마.』

『나겠구나.』

　—다섯 명이 모두 나야말로 최강이라고 선언해서, 한동안 보옥 안에 침묵이 퍼졌다.

　뭐지?

　다섯 명 모두 여기서는 자신이 제일 강하다고 생각했던 걸까?

　그러자.

『아니, 나지! 나, 이래 봬도 실전 경험 풍부하거든!』

『저는 내정이 높은 평가를 받았지만, 싸우지 못한다는 말은 한 번도 한 적이 없습니다. 기회가 없었을 뿐이니까요.』

『내가 얼마나 많은 적을 꺾어왔다고 생각해? 개인적인 기량이든, 집단전이든 경험한 숫자가 다르다고.』

『5대는 방어전뿐이지 않습니까. 그에 비해서 저는 영지를 가장 넓힌 영주. 적을 토벌한 숫자도 이 자리에 있는 누구보다도 많습니다.』

『시대에 뒤처진 노인의 헛소리군요. 6대, 시대는 변했습니다. 저야말로 월트 가 최강입니다.』

　다섯 명이 서로를 노려보며 싸우기 시작했다.

『나야!』

『3대는 결국 전사했잖습니까!』

3대와 4대가 서로를 붙잡고 싸우기 시작하자, 다른 곳에서는 5대와 6대가 난투를 벌였다.

『너는 나한테 졌잖아!』

『시끄러워! 전성기였다면 지지 않았어! 게다가 격투기 따위는 무기 앞에서 무력해!』

7대가 어이없어했다.

『전시대적인 무기에 의존하는 시점에서 안 되는 겁니다. 현시대는 총이죠. 라이엘, 너는 총 다루는 법을 익혀라. 내가 가르쳐주마.』

네 사람이 7대를 바라봤다.

『총을 써먹을 수 있어?』

『총탄 한 발의 가치가 너무 비싸서 금전적으로 무리라고 생각하는데요.』

『여전히 퍼지지 않았다는 걸 생각하면, 실패 아닐까?』

『너는 그렇게 금방 편리한 도구에 의존한단 말이야. 안 좋은 버릇이다.』

네 사람의 질책을 받자 7대가 이마에 푸른 핏대를 세웠다.

『너희들— 바람구멍을 내줄까!』

전원이 원탁의 방에서 무기를 들고 노려봤다.

최강이 누구인지가 그렇게 중요한 일인가?

애초에 경험을 쌓고 싶다면 여러 상대와 싸우는 게 좋다.

그럼 해답은—.

"아, 그럼 제가 전원을 쓰러뜨리면 되겠네요!"

그렇게 말하자, 전원의 움직임이 뚝 멈췄다.

다섯 명 모두 진지한 표정으로 나를 바라봤다.

『저기, 이건 무슨 뜻이라고 생각해?』

『우리를 얕보고 있는 게 아닙니까?』

『세레스와 비교한다면야 그 밖은 모두 잔챙이겠지. 하지만, 이렇게 간단히 말하니까 화가 나네.』

『라이엘, 너는 우리를 얕봤다.』

『할아버지는 슬프구나, 라이엘. 그러니까 너에게 가르쳐주마.』

다섯 명이 내게 다가왔다.

"어? 저, 뭔가 틀린 말을 했나요? 그게, 한 명하고 싸우는 것보다 다섯 명하고 싸우는 게 경험이 되잖아요?"

내 양팔을 4대와 6대가 잡아 올렸다.

『틀리지는 않지만, 세상에는 표현이라는 게 있습니다.』

『라이엘, 너는 생각이 좀 무르구나.』

"아니, 그게 그렇잖아요!"

내가 항의하려 하자, 양다리를 5대와 7대가 잡아 올렸다.

『원하는 대로, 전원과 싸워보기로 할까.』

『그럴까요. 라이엘에게 누가 제일 강한지 정해달라고 합시다.』

3대가 어두운 미소를 지으며 나를 바라봤다.

『우리끼리 싸우는 것도 좋지만, 겸사겸사 라이엘도 경험을 쌓을 수 있는 방법이 좋겠네. 그러니까 라이엘은 우리 다섯 명과 싸워줘야겠어. 누가 제일 강한지 나중에 물어볼 거야.』

"잠깐! 왜 화내는 건가요!"

나는 다섯 명에게 잡혀서 그대로 기억의 방으로 끌려 들어갔다.

"누가 좀 살려줘!"

그러나 6대가 웃으며 말했다.

『도움 같은 건 안 온다! —라이엘. 실컷 경험을 쌓게 해주마. 우리의 전력을 보여주지. 왜냐하면, 여기서는 죽어도 금방 되살아나니까!』

"어째서 갑자기! 아, 잠깐—."

기억의 방에 내던져졌다.

그때— 찰칵, 하는 금속음이 원탁의 방에서 들린 기분이 들었다.

그러나 나는 그런 걸 신경 쓸 겨를이 없었다.

에필로그

"일어나세요."

최악의 기상이었다.

"일어나세요, 라이엘 공."

흔들리는 걸 느끼고 눈을 어떻게든 뜨려 하자, 소피아의 얼굴이 보였다.

내 얼굴을 들여다보고 있다.

"다행이네요. 겨우 일어나셨나요."

나는 얼굴에 손을 대고 보옥 안에서 있었던 일을 떠올렸다.

아무튼 심했다.

3대의 종잡을 수 없는 검과, 환술을 조합한 검술.

4대의 단검을 사용한 스피드를 활용한 싸움법.

5대의 검은 마구인지, 가늘게 갈라지더니 채찍처럼 움직여서 나를 붙잡아 썰어버렸다. 덤으로 마법까지 쓰는지라 베이기도 하고 마법에도 몇 번이나 타버렸다.

6대가 사용하는 무기는 할버드다.

도끼와 픽이 붙은 창은 다채로운 공격 수단을 가진다.

덩치가 큰 6대가 휘두르는 할버드는 아무튼 위협적이었다.

가장 심했던 건 7대일까?

권총을 들고 급소를 노린다.

피하면 관절에 몇 발씩 맞아서, 계속 총살을 당했다.

보옥 안에서 몇 번이나 죽고 되살아날 때마다 상대가 바뀌었다.

나는 몇 번을 쓰러져도 싸워야 했고, 눈을 뜨기 직전까지 몇 번이고 죽었다.

뭐, 보옥 안의 이야기라 실제로는 죽지 않았지만.

"심한 땀이네요. 타올 쓰실래요?"

"고마워."

소피아에게 타올을 빌려서 땀을 닦았다.

"굉장히 시달리고 계시더라고요. 깨워야 할지 고민했지만, 불러도 일어나지 않으셔서 걱정했어요."

끔찍한 사람들에게 죽고 있었으니까.

"그렇게나?"

"네. 샤논이 코를 꼬집어도 깨어나지 않았으니까요."

"—그 녀석이 자고 있을 때 똑같은 짓을 해주겠어."

소피아가 쓴웃음을 지으면서 샤논을 감쌌다.

"용서해주세요. 그녀도 나름 걱정하고 있었거든요."

"말도 안 돼. 분명 즐겁게 장난치고 있었을 거야."

나라도 똑같은 짓을 했다면 분명 웃었을 거다.

"그렇게 단호하게 말씀하실 것까지는……."

소피아가 곤란한 표정을 지었다.

"그보다도 뭔가 용건 있어?"

주변을 보자, 타고 있는 건 나와 소피아뿐이었다.

포터도 정차했다.

"휴식이에요. 라이엘 공도 깨울까 해서 말을 걸었죠."

꽤 오래 잔 모양이다.

그런데 피로가 풀린 것 같지 않다.

쓸데없이 지쳤다.

"나도 밖으로 나갈까."

소피아도 밖에 나가는 걸 권유했다.

"그게 좋아요. 밖으로 나가면 놀라실 거예요. 저는 놀랐어요."

"놀랐다?"

신경이 쓰여서 일어나 밖으로 나갔다.

그러자, 웬일로 데미언이 밖에서 테이블까지 내놓고 차를 마시고 있었다.

"어라, 겨우 나왔네."

"데미언이 밖에서 차를 마시다니 웬일이야?"

"나라도 연구 아닌 것에 흥미를 가질 때가 있어."

데미언 옆에는 릴리 씨가 붙어서 차를 준비하고 있었다.

"라이엘 씨도 드실 건가요?"

설탕이 잔뜩 든 홍차가 나오자, 나는 고개를 가로저었다.

두 사람이 바라보던 방향으로 고개를 돌린 나는 놀라서 눈을 크게 떴다.

소피아가 말했다.

"굉장하지 않나요? 여기서도 확연히 보이니까요."

멀리 보이는 건, 자유도시 베임이다.

아직 상당한 거리가 있는데도 그 모습이 보인다.

우리가 있는 곳은 고지대라서 내려다보는 형태다.

평지에 펼쳐진 풍족한 대지.

거대한 도시를 둘러싼 커다란 벽도, 그곳에서 고개를 내밀고 있는 수많은 건물도 굉장하다.

그러나 가장 놀라운 건—.

"저, 바다는 처음 봤어요."

기뻐하는 소피아의 목소리를 듣고 나도 감상을 남겼다.

"바다는 넓구나."

육지 너머에 펼쳐진 바다를 보니, 그런 흔한 감상밖에 나오지 않았다.

지식으로는 알고 있었지만, 처음으로 실물을 보니 할 말을 잃었다.

그건 모두도 똑같았던 모양이다.

샤논이 미란다의 손을 잡으며 말했다.

"언니, 바다는 굉장히 커다란 호수네요."

"샤논, 바다와 호수는 달라."

"어, 거짓말! 커다란 호수가 바다라고 생각했는데!"

에바는 감동한 모양이고, 그건 클라라도 마찬가지였다.

"나도 처음 봤는데, 확실히 이건 굉장하네."

반세임은 내륙에 있어서 바다가 없다.

여행에 익숙한 에바도 바다는 처음 보는 모양이다.

클라라는 책을 안고 있었다.

"책으로 읽은 것 이상이네요. 이건 확실히 봐서 다행이라고 생각해요."

아리아가 이쪽을 돌아보며 크게 손을 흔들었다.

"두 사람, 여기로 와!"

크게 기뻐하는 아리아 옆에는 모니카가 못 말리겠다는 듯 고개를 흔들고 있었다.

"나 참. 이 정도로 기뻐하다니 다들 아직 멀었네요. 하지만 여기서는 제가 만든 특제 수영복형 메이드복을 준비해서 치킨 자식을 뇌쇄할 기회예요. 해수욕이 벌써부터 기대돼서 견딜 수가 없네요."

또 뭔가 말하고 있다.

메이는 주저앉아서 우리를 의아한 듯 보고 있었다.

"그렇게 신기해?"

흥분한 동료들에게서 조금 떨어져 있는 건, 노웸이다.

"노웸은 별로 흥분하지 않네."

말을 걸자, 노웸은 곤란한 표정으로 끄덕였다.

"그게. 놀라서 반응하기 곤란한 거예요."

그러고 보니, 노웸이 들뜬 모습을 본 기억이 없다.

옛날부터 차분하다는 이미지가 강하다.

그런 노웸과는 달리, 보옥 안의 역대 당주들은 떠들썩했다.

『바다는 굉장하네! 상상 이상이야.』

『베임은 항구를 보유하고 있다고 들었는데, 이렇게 보니 굉장하군요.』

『센트럴보다 크잖아. 그보다, 산을 넘고 보니 별세계네.』

산— 계곡에 있는 검문소를 나와 베임으로 왔다.

그때까지의 광경과는 확실히 다르다.

발전한 대도시 주변에는 몇몇 작은 도시나 마을이 보인다.

논밭이 펼쳐진 한적한 곳도 있다.

그러나 벽으로 다가갈수록 건물이 늘어나고, 밀집해서 단숨에 도회지가 되었다.

『이건 참— 함락시키기 어려워 보이는 도시군.』

『저라면 간단히, 라고는 말할 수 없겠군요. 하지만 왕도 영주도 없는데 용케 여기까지 발전했다 싶습니다.』

자유도시 베임은 상인과 모험가의 도시이기도 하다.

모험가가 많지만, 실질적으로 통치하는 건 상인들이다.

그렇게 생각하면, 아람사스— 학원이 지배하는 학술도시가 떠오르지만, 분위기가 전혀 달랐다.

겨우 여기까지 왔다.

그렇게 생각하며 보옥을 움켜쥐자, 역대 당주들에 내게 말을 걸어왔다.

『그럼, 드디어 본격적으로 행동하게 되겠네. 라이엘, 준비는 됐어?』

3대는 여느 때처럼 가벼워 보인다.

『여기라면 여러모로 할 일도 많겠죠. 무엇보다, 세레스의 손도 지금은 여기까지 닿지 않습니다.』

4대는 세레스의 손이 닿을 때까지 시간이 있다고 말했다.

『사람, 물건, 돈— 모여있는 것 같아서 다행이야. 그나저나, 어떻게 여기까지 발전했는지 물어보고 싶네.』

5대는 조금 비뚤어진 의견을 냈고.

『여기서 라이엘이 힘을 얻게 되는 거군요. 뭐, 모든 건 안으로 들어가서 정보를 모은 뒤가 되겠지만— 즐거워졌구나, 라이엘.』

밝은 6대의 목소리를 듣자, 나는 불안감이 조금 누그러지는 것 같았다.

『너무 기대하는 것도 문제지만, 이건 기대하지 않을 수 없군요. 베임이 우리에게 유리한 곳이길 바라기로 하죠. 뭐, 그게 아니라면— 유리하게 만들 뿐이겠지만 말이죠.』

분명 사악한 미소를 짓고 있을 7대에게 다른 네 사람도 동조했다.

나 참. 못된 꿍꿍이를 꾸밀 때는 믿음직해지는 사람들이다.

내가 묵묵히 이야기를 듣자, 노웸이 말을 걸어왔다.

"라이엘 님. 왜 그러시나요?"

"아니, 아무것도 아니야. 지금부터 여기를 홈으로 삼아서 활동할 거니까. 잠시 이것저것 생각하고 있었어."

노웸이 내 얼굴을 보며 고개를 끄덕였다.

"여기라면 라이엘 님은 더 많은 힘을 얻으실 수 있을 거예요."

단순한 강함이 아니라, 여러 의미를 포함한 힘을 여기서 얻어야만 한다.

무리라면 바로 홈을 변경할 뿐이지만, 베임에는 기대해보기로 하자.

모험가들이 모이는 본고장이다.

여기에 오면 명성도 재보도 뜻대로 얻을 수 있다고 들었는데— 정말로 그랬으면 좋겠다.

3대가 내게 말했다.

『라이엘. 즐거워졌네..』

즐거워 보이는, 그리고 짓궂은 표정을 짓고 있을 3대의 목소리에 어이가 없어졌다.

그런 마음이 얼굴에 나왔는지, 노웸이 걱정했다.

"라이엘 님?"

"아무것도 아니야. 그보다도— 즐겁게 가기로 할까."

그런 내 말을 듣자 노웸이 조금 놀랐다.

바다를 봤을 때보다도 놀랐다.

아무래도 역대 당주들의 말버릇이 옮기 시작한 것 같다.

쑥스러워져서 입가를 손으로 막았다.

조심해야겠다고 생각했지만— 딱히 싫지는 않았다.

"거짓말이야. 제대로 신중하게 행동할 거야."

"그, 그런가요. 그렇죠. 신중하게 행동해요!"

노웸이 황급히 내게 맞춰왔지만, 묘하게 기뻐 보였다.

자, 베임에 왔는데. 앞으로 대체 어떻게 될까?

—베임의 항구.

출항을 기다리는 배의 갑판에는 선원들이 바쁘게 움직이고 있었다.

그런 와중, 양산을 들고 선 소녀가 있었다.

흑발에 보라색 눈동자가 특징적이다.

주변은 그런 소녀를 신경 쓰고 있는 모습이었다.

"아가씨— 아니, 선장님. 이번 항해도 안전하면 좋겠네요."

말이 걸려오자, 소녀가 돌아봤다.

투 사이드 업으로 올린 흑발이 흔들리면서 반짝반짝 빛나 보였다.

소녀가 미소 지었다.

"그러게. 그랬으면 좋겠어."

거친 선원들이 소녀의 말을 듣고 웃었다.

"선장님이 있으면 안심이죠."

"우리 뱃사람에게는 행운의 여신님이니까요."

"선장님과 이 배가 있다면 어떤 바다도 넘어설 수 있어요."

신뢰받고 있는 소녀— 선장은 양산을 접어서 어깨에 걸고는 목소리를 높였다.

"여신 같은 거창한 건 아닌데 말이지. 하지만, 이번에도 괜찮을 것 같아. 문제는 짐을 다 팔 수 있는지야."

몸집이 큰 부선장이 팔짱을 끼고 입을 크게 벌려 웃었다.

"하긴 그렇죠!"

소녀와 선원들이 탄 배는, 굉장히 컸다.

주변 배와의 차이는 그것만이 아니라, 범선이 많은 가운데 그들의 배는 증기선.

베임의 높은 기술력을 과시하는 배지만, 숫자는 몹시 적었다.

그런 귀중한 배를 맡은 소녀는, 딱히 행운의 소유자라는 이유만으로 선장으로 임명된 건 아니었다.

갑판에 얼굴을 내민 건, 소녀의 아버지다.

흑발을 올백으로 넘긴 중년 남성은 탄탄한 몸을 가졌다.

붉은 정장을 입은 것이, 그야말로 수완가라는 차림새다.

주변에는 험악한 호위의 모습도 보이기에, 마치 마피아 보스 같은 분위기였다.

그런 남성을 보자 거친 선원들이 등을 쭉 폈다.

남성은 그들에게 「작업을 계속해라」라고 말하면서 소녀에게 다가갔다.

그러더니.

"사랑하는 【베라】, 마중 나왔단다."

지금까지의 엄숙한 분위기를 내던지고는 딸바보 기색을 대놓고 드러낸 표정을 지었다.

소녀—【베라】는 어이없어하면서 감사의 말을 꺼냈다

"마중 같은 건 필요 없는데— 아빠."

남성의 이름은 【피델 토레스】— 베임에서도 1~2위를 다투는 거상이었다.

"무슨 소리냐! 항해는 위험이 따라다니는 법. 어쩌면 두 번 다시 만나지 못할지도 모른다고 생각하니 아빠는 가슴이 찢어질 것 같아. 원래는 네가 저택에서 편히 지내줬으면 하는데."

피델이 딸을 걱정하자, 베라는 안심시키듯이 말했다.

"내가 한 번이라도 돌아오지 못한 적이 있어?"

"그, 그건 그렇지만—."

거상으로 이름을 떨치는 피델이지만, 딸 앞에서는 우물쭈물하고 있었다.

"이번에는 금방 돌아올 거야. 그러니까 기다리고 있어. 아빠."

"으, 음."

보고 있으면 오히려 아버지인 피델이 걱정되는 광경이었다.

"슬슬 출발할 테니까, 바로 내려가."

"베라, 차갑지 않니. 조금은 아빠에게 다정함을 보여줘도 될 것 같은데."

"돌아오고 나서."

손을 흔들자, 피델은 마지못해서 한다는 분위기로 배를 내려왔다.

베라는 부선장을 데리고 선교(船橋)를 향해 걸어갔다.

그러다 문득, 도중에 발을 멈추고 돌아봤다.

"왜 그러십니까? 선장님."

"—아니. 뭔가 신경이 쓰여서."

익숙한 베임의 항구를 본 베라는 왠지 모르게 뭔가 신경이 쓰이는 걸 느꼈다.

"불길한 예감입니까?"

부선장이 걱정스러운 표정을 보였기에, 베라는 고개를 가로저었다.

"아니야. 오히려— 좋은 느낌이네. 돌아오면 뭔가 좋은 일이 있을지도."

"그건 좋군요. 안심했습니다."

베라는 걸어갔다. 그리고, 모종의 예감을 느끼면서 베임을 나섰다—.

베임 외벽에 있는 문은 굉장히 컸다.

데미언의 덤프카가 여유롭게 들어갈 정도의 크기인 데다, 만듦새도 굉장히 튼튼해 보인다.

그런 거대한 문을 드나드는 사람의 숫자도 역시 많다.

사람, 마차, 아무튼 많다.

베임까지 이어지는 길은 정비되어 있지만, 말이나 소 등의 분뇨 때문에 더러웠다.

정리하는 사람의 모습도 보이지만, 길 가장자리에 버리는 수준이었다.

나는 덤프카를 올려다봤다.

클라라는 의수 조정을 위해 올라탔고, 샤논은 바깥은 싫다고 해서 클라라와 함께 데미언의 덤프카 안이다.

짐이 가득 들어간 데미언의 덤프카에는 사람이 많이 탈 수 없어서, 다른 멤버는 밖에서 줄을 서고 있다.

주변에는 덤프카가 사람들의 시선을 모으고 있었다.

이건 어디나 똑같다.

포터나 덤프카는 어디를 가도 눈에 띈다.

시선을 다시 지면이나 주변에 돌렸다.

"포터를 넣어둔 건 정답이었네."

그렇게 말하자, 옆을 걷던 노웸이 동의했다.

"더러워지니까요."

반대 의견을 말한 건 에바다.

"조금은 더러워져도 상관없잖아. 이럴 바에는 차내가 더 나았어."

사람의 열기나 체취 등등— 아무튼 냄새가 고약하다.

별로 오래 있고 싶지 않은 게 본심이다.

아리아나 소피아는 천으로 입가를 가렸다. 마스크 대신이겠지.

"도시 출입구는 어디나 똑같지만, 여기는 다른 곳보다 심하네."

"인파가 그렇게나 많다는 증거 아닐까요?"

또한, 여기는 밖이라서 문제없지만, 도시 내부가 어떻게 되어 있을지 생각하니 무서웠다.

베임 주민들이 깔끔한 걸 좋아했으면 좋겠다.

보옥 안에서는 이런 주변 상황을 관찰하는 목소리가 났다.

『인파가 많아. 아니, 너무 많은가?』

『그 정도의 규모라고 생각하면, 역시 센트럴 이상이군요.』

『항구도 있고, 여기 말고도 출입구가 있는데도 이 정도니까. 안에도 굉장하겠지.』

『이건 기대할 수 있겠군요.』

『상인과 모험가의 도시입니다만? 황폐하더라도 이상하지 않다고 생각하지 않습니까?』

7대는 변함없이 모험가에게는 까칠했지만, 너무 황폐하면 우리가 곤란하다.

앞으로 여기를 거점으로 삼아서 활동해도 될지 불안해지니까.

그건 그렇고.

"치킨 자식. 덤프카 안으로 들어오세요. 이런 곳에 있으면 병에 걸리고 말아요. 자, 이런 여자들은 방치하고 모니카와 함께 차내로 가죠!"

나를 돌봐주는 모니카가 아까부터 성가시다.

"괜찮지 않아?"

"비위생적인 환경에서 무슨 느긋한 소리를 하는 건가요! 그보다도, 거기 암여우는 마법이 특기잖아요? 청소하는 마법이라도 써 주세요."

모니카가 억지 요구를 하자, 노웸은 웃으면서 대답했다.

눈은 웃지 않았다.

"마법은 그렇게 편리하지 않아요."

"판타지인데 못 써먹겠네요. 그럼 거미녀."

모니카가 다음으로 고른 건 입가를 스카프로 가린 미란다다.

"싫어. 게다가 마법을 쓸 수 있다면, 이 정도는 여러모로 경감할 수 있어."

햇볕에 타는 걸 막거나, 냄새 완화 등등, 자신을 지키는 것에 마법을 쓰려고 하면 얼마든지 방법이 있다.

모니카가 고개를 돌려서 노웸을 봤다.

노웸은 태연한 표정으로 답했다.

"네, 완화라도 괜찮다면 할 수 있어요. 하지만 청소는 다른 문제죠. —그런 편리한 마법은 없어요."

마법사로서 일류인 노웸이 이렇게 말한다면, 없겠지.

나도 들어본 적 없다.

"궤변만 늘어놓기는— 이러니까 살아있는 여자는 안 된다고요."

불평하는 모니카의 스커트를 잡은 건 메이였다.

"모니카. 뭔가 먹을 거 줘."

"또 먹는 건가요!"

"응!"

메이는 줄을 서는 게 지겨워졌는지 조금 전부터 음식만 생각하고 있는 모양이었다.

이런 곳에서까지 먹을 필요는 없다고 생각하는데.

"베임에 들어가면 가게를 찾아서 식사하자. 그때까지 참아, 메이."

말을 걸자, 메이는 재미없다는 듯 입을 삐죽였다.

"재미없어~."

노웸은 그런 메이를 보고 주의를 줬다.

"메이. 라이엘 님의 말은 제대로 들어주세요."

"으! —노웸이 말한다면 따를게. 하지만 왜 줄 서고 있는 거야? 그냥 하늘에서 들어가면 안 돼?"

그게 가능했다면 고생하지 않는다.

"여러모로 조사할 게 있고, 아무튼 간단히 드나들 수는 없거든."

"인간은 귀찮네."

메이의 말에 동의하고 싶지만, 여기는 참기로 했다.

천천히 나아가는 줄을 바라보며 우리가 도시에 들어가는 건 언제가 될까 고민하던 와중, 누가 어깨를 손가락으로 찔렀다.

돌아보자, 에바가 우리 뒤를 엄지로 가리켰다.

"아까부터 노려보고 있더라."

에바가 가리킨 방향을 보자, 그곳에는 남자들뿐인 집단이 있었다.

가장 눈에 띄는 건 그들의 중심에 있는 청년이다.

나이는 나와 비슷한 정도겠지.

눈에 띄는 이유는, 그들의 리더 같은 존재로 보이니까.

그리고, 조금 독특한 차림새다.

짊어진 대검도 눈길을 끌지만.

아래는 바지에 부츠.

족갑 등등 허리 주변을 커버하는 방어구는 걸치고 있는데, 상반신은 얇은 옷뿐.

그 옷도 탱크톱이었다.

하반신만 쓸데없이 엄중한 방어구로 굳히고 있는데, 상반신은 거의 맨몸이다.

피부는 갈색으로 탔고, 머리는 부스스한 흑발을 뒤로 넘겼다.

와일드하다고 말할 수 있을지도 모르지만—

"소란스러웠던 걸까?"

내가 걱정하자, 에바가 말했다.

"이 줄에서? 분명 그것만은 아니야."

주변에는 말소리나, 때때로 떠들썩한 목소리도 들린다.

딱히 우리만 시끄러운 건 아니다.

미란다가 뒤에 있는 그들을 보면서 뭔가 깨달은 듯이 말했다.

"아~, 그런 건가."

"어, 알 수 있어?"

모르는 나에게 꼭 가르쳐줬으면 좋겠다.

보옥 안에서는…….

『그보다도 입은 게 좀 이상하지 않아? 주변에 비슷한 차림새를 한 사람은 없으니까 저게 유행하는 것 같지는 않은데.』

『어째서 탱크톱인 걸까요?』

『밸런스가 안 좋아.』

『라이엘, 물어보고 와라. 저건 너의 취미냐고.』

『아니, 집안 사정이나 종교적인 이유일지도 모릅니다. 그게 아니라면 저 모습은 좀 이상해요.』

차림새만이 아니라, 어째서 우리를 노려보고 있는지 가르쳐줬으면 좋겠다.

힐끔힐끔 뒤를 신경 쓰고 있는데, 아리아가 내 팔을 잡았다.

"신경 쓰지 마. 시비 걸어올 거야."

소피아도 동의했다.

"라이엘 공. 너무 휘둘리지 말아 주세요."

"그치만 신경 쓰이잖아."

그러자 노웸이 한숨을 내쉬었다.

"라이엘 님. 주변의 질투를 신경 쓰다가는 끝이 없어요."

"질투?"

고개를 갸웃했다.

대체 나의 어디에 질투할 요소가 있다는 거지?

잘 보니, 상대는 모험가 같은 차림새를 한 집단이다.

장비가 영 미덥지 못해 보이지만, 동업자에 불과하다.

내가 알아채지 못하자, 모니카가 어이없다는 표정을 보였다.

"이 모니카가 모시고 있다고요. 주변의 질투 정도는 뻔한 일이잖아요."

"그런가? 나라면 신경 쓰지 않는데."

"너무해요! 치킨 자식은 너무해요! 하지만 그런 치킨 자식이라도 저는 마지막까지 모실게요. 왜냐하면, 저는 기특하고 귀여운 오토마톤 모니카니까!"

또 이상한 스위치가 들어가서 연극을 시작했기에 무시했다.

머리 뒤로 깍지를 낀 메이가 말했다.

"라이엘은 둔하네. 싸울 때와는 다른 사람 같아."

"아니, 그치만—"

보옥 안에서도 내 태도에 불만의 목소리가 나왔다.

『라이엘은 둔하단 말이야.』

『조금만 생각해보면 알 수 있을 텐데요.』

『나라도 질투할걸. 메이와 함께 여행할 수 있다니 부러워.』

『5대. 그냥 입 다무시죠. 하지만 라이엘— 너는 정말 둔하구나.』

『라이엘. 할아버지도 걱정된다.』

그래서 뭐냐니까?

그렇게 따지려고 하자, 갑자기 미란다와 에바가 서로 짠 것처럼 말했다.

"둔하네. 이런 거야."

"라이엘은 둔감하네."

두 사람은 나를 놀리려는지, 조금 의미심장하게 웃으며 양쪽에서 끌어안았다.

"어, 잠깐!"

—그러자, 뒤에서 발소리가 다가와서 돌아봤다.

두 사람은 바로 내게서 떨어졌다.

떨어진 두 사람 대신 다가온 건 탱크톱 남자였다.

"아주 대놓고 과시하고 있잖아. 으응?"

청년이 거칠게 위협하자, 나는 양손을 가슴 앞까지 들고 손바닥을 내밀었다.

"소란스러웠다면 사과할게."

보옥 안에서는 『한심하기는』, 『때려눕혀!』, 『눈을 노려!』 같은 목소리가 들려왔지만, 원만하게 넘어가기 위해 무시했다.

"너에게는 성의라는 게 느껴지지 않는데. 응? 이봐?"

청년 뒤에서 비슷한 나이대의 청년들이 히죽히죽 웃으며 모여들었다.

미란다는 웃고 있지만, 그들에게 보이지 않는 위치에서 나이프를 뽑았다.

"라이엘이 사과할 필요는 없어. 먼저 노려본 건 애들이니까."

노웸도 지팡이를 들어서 언제든 공격할 수 있는 태세를 잡았다.

"—라이엘 님께 성의를 보이며 사과하라고요? 용서할 수 없네요."

두 사람을 말리려고 했는데, 갑자기 청년들이 쑥스러워하기 시작했다.

우리 앞에서 원진을 짜고 뭐라 말하고 있다.

"역시 도회지는 달라. 이런 곳에서 벌써 미인을 만났잖아."

"마을에서 나온 건 정답이었네."

"이제 모험가로 성공한다면, 마을 녀석들도 다시 볼 거야."

—아무래도 그들은 어느 시골 마을에서 베임으로 나온 동향 청년들인 모양이다.

장비가 부족한 것도, 분명 아직 모험가조차 아니기 때문이겠지.

청년이 나를 돌아봤다.

"성의를 보이고 싶다면, 나와 승부해라!"

"—응?"

무슨 말을 하나 했더니만, 갑자기 승부하자고 말하기 시작했다.

그러자 7대가 나지막하게 말했다.

『아아, 촌뜨기인가.』

그보다도, 그들의 사고를 이해할 수 없었다.

"어째서 승부를 해야 하죠?"

"그야 당연하지. 내가 이기면, 그쪽에 있는―."

청년은 내 주변에 있는 동료들을 돌아보고는, 쑥스러운지 얼굴을 붉히면서 이상한 미소를 지었다.

"아가씨들. 나는 【에어하르트 바우만】이야. 지금 당장 너희를 풀어줄게."

뭔가 말하기 시작한 청년― 에어하르트에게 메이가 고개를 갸웃했다.

"어째서?"

"어, 아니― 하지만, 그게! 이렇게 여자를 거느리고 있는 녀석은 못된 녀석이라는 걸로 정해져 있으니까! 내가 모두를 구해주겠어!"

아리아와 소피아가 얼굴을 마주하고는 이해할 수 없다는 듯이 어깨를 으쓱했다.

모니카는 코웃음을 치고 있다.

그러나 보옥 안에서는 3대가 감동한 목소리를 냈다.

『얘, 의외로 재미있네.』

『3대, 들뜨지 마세요.』

4대가 타일러서 3대가 조용해지자, 나는 에어하르트에게 말했다.

"저기, 승부는 받아들일 수 없는데요."

"쪼, 종알종알 따지지 말고 뽑아! 내 마검 그람의 녹으로 만들어주지!"

짊어진 대검을 뽑으려고 버둥거리는 에어하르트를 동료가 도와줬다.

　겨우 뽑은 대검도 말은 마검이라고 했지만— 녹이 슨 부분도 눈에 띄는 너덜너덜한 대검이었다.

　보옥 안이 떠들썩하다.

『마검! 게다가 그람이라는 거창한 이름을 가진 대검이 그냥 조악품이라니! 이 남자, 사람을 웃기는 게 특기인 모양이야.』

　배를 잡고 웃는 듯한 6대의 목소리가 들렸다.

　대검은 조악품이었던 모양이다.

　주변에서도 이변을 느꼈는지, 서서히 사람이 모여들었다.

　그런 가운데, 에어하르트가 내게 말했다.

　"자, 뽑는 게 어때? 얼간이 자식. 아니면 여자 앞에서 도망칠 거냐?"

　애초에 나는 승부한다고 말한 적이 없다.

　"아니, 그러니까 주변에 민폐니까 승부는 안 해."

　"정말 얼간이 자식이네. 이봐, 너희도 이런 남자를 따라다녀도 되겠어? 뭐, 뭣하면 우리 파티에 들어와도 된다고."

　나는 노려보고, 동료에게는 쑥스러운 표정을 보이는 에어하르트라는 남자.

　굉장히 이상한 사람이 얽혀왔다.

　"야, 승부하라고! 그리고, 이— 이기면, 내가 아가씨들을 받아가겠어!"

　"싫어요."

"어째서야! 승부하라고, 얼간이 자식아!"

에어하르트는 발을 동동 굴렀다.

앞으로 베임에서 지내야 하는데, 아무래도 불안해졌다.

〈『세븐스 9』로 계속〉

■역자 후기

안녕하세요. 불초 역자입니다.

이번 이야기는 세레스와 싸우겠다고 결심한 라이엘 일행이 베임으로 가는 길에서 벌어진 소소한(?) 소동과 새로운 동료 영입이었습니다. 본격적인 이야기 전개는 베임으로 간 뒤부터 시작될 테니까, 이번 이야기는 조금 쉬어간다는 인상도 들었네요. 그 와중에 히로인들의 충돌과 봉합도 보여주고요. 히로인들끼리 별로 사이가 안 좋아서 자주 투닥거리는 것도 이 소설의 재미 중 하나라고 생각해서 개인적으로는 즐겁게 봤습니다. 미란다가 참 여러 의미에서 만능형 캐릭터이긴 하네요. 전투에서도 유능하고, 갈등 요소도 알아서 척척 만들어주고요.

그리고 이번 권에서 드디어 초반부터 언급이 나왔던 자유도시 베임에 도착했습니다. 목표도 본격적으로 세운 라이엘 일행이 이곳에서 어떻게 힘을 기르고, 동료를 맞이하며 세레스와 맞서게 될지 기대하면서 후기는 이쯤 하도록 하겠습니다. 다음 권에서 뵙겠습니다.

세븐스 8

초판 1쇄 발행 2022년 7월 10일

지은이_ Yomu Mishima
일러스트_ Tomozo
옮긴이_ 이경인

발행인_ 신현호
편집장_ 김승신
편집진행_ 권세라 · 최혁수 · 김경민 · 최정민
편집디자인_ 양우연
관리 · 영업_ 김민원

펴낸곳_ (주)디앤씨미디어
등록_ 2002년 4월 25일 제20-260호
주소_ 서울시 구로구 디지털로 26길 111 JnK디지털타워 503호
전화_ 02-333-2513(대표)
팩시밀리_ 02-333-2514
이메일_ lnovellove@naver.com
L노벨 공식 카페_ http://cafe.naver.com/lnovel11

SEVENTH 8
ⓒ Yomu Mishima 2019
Originally published in Japan by Shufunotomo Infos Co., Ltd.
Translation rights arranged with Shufunotomo Infos Co., Ltd.
Through Shufunotomo Co., Ltd.

ISBN 979-11-278-6497-2 04830
ISBN 979-11-278-4190-4 (세트)

값 7,800원